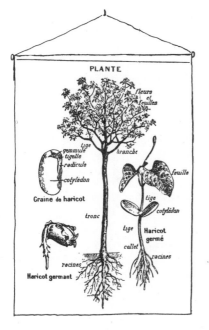

PLANTE

fleurs
et
feuilles

tige
gemmule
tigelle
radicule
cotylédon

Graine de haricot

branche

tige

feuille

tige

cotylédon

tronc

tige

Haricot
germé

collet

racines

racines

Haricot germant

DIOGENES KINDER KLASSIKER

Der kleine Nick und die Mädchen

Siebzehn prima Geschichten
vom ›Asterix‹-Autor GOSCINNY
Deutsch von Hans-Georg Lenzen
Mit vielen Zeichnungen
von SEMPÉ

Diogenes

Die Geschichten sind den französischen Originalausgaben
Le petit Nicolas, Les récrés du petit Nicolas, Le petit Nicolas et les Copains,
Joachim a des ennuis entnommen
© 1960, 1961, 1963 und 1964 Editions Denoël, Paris
Drei der siebzehn Geschichten erschienen deutsch
1962 und 1965, Sigbert Mohn Verlag AG, Gütersloh

Inhalt

Marie-Hedwig

Mama hat mir erlaubt, daß ich meine Schulkameraden für nachmittags zum Kakao einladen darf, und ich habe Marie-Hedwig auch eingeladen. Marie-Hedwig hat unheimlich blonde Haare und blaue Augen, und sie ist die Tochter von Herrn und Frau Kortschild, die wohnen in dem Haus neben uns.

Meine Klassenkameraden sind gekommen, und Otto ist sofort ins Eßzimmer rein, um zu sehen, was es gibt, und er ist zurückgekommen und hat gefragt:

»Kommt denn noch jemand anderes außer uns? Ich hab die Stühle gezählt. Ich glaube, da ist auch ein Stück Kuchen übrig!« Ich hab ihm gesagt, daß ich Marie-Hedwig eingeladen habe, und ich habe allen erklärt, das ist die Tochter von Herrn und Frau Kortschild aus dem Haus nebenan.

»Aber das ist doch ein Mädchen!« hat Georg gesagt.

»Klar – na und?« habe ich gesagt.

»Wir spielen nämlich nicht mit Mädchen«, hat Chlodwig gesagt, »und wenn sie kommt, dann sprechen wir nicht mit ihr, und wir spielen auch nicht mit ihr. Nee, wirklich, das wär' ja noch schöner . . .«

»Ich kann bei mir zu Hause einladen, wen ich will«, habe ich gesagt, »und wenn dir das nicht paßt, dann kannst du gleich eine Backpfeife haben!«

Aber ich habe nicht die Zeit gehabt, ihm eine Backpfeife zu geben, nämlich, es hat an der Wohnungstür geläutet, und Marie-Hedwig ist reingekommen.

Sie hat ein Kleid angehabt aus dem gleichen Zeug wie die Übergardinen in unserem Wohnzimmer, die Marie-Hedwig, nur in Dunkelgrün, und mit einem weißen Gürtel, und der war ganz voll Löcher an den Rändern. Sie sah prima aus, die Marie-Hedwig, aber eins war blöd, nämlich, sie hatte ihre Puppe mitgebracht.

»Was ist denn, Nick«, hat Mama zu mir gesagt. »Willst du deiner kleinen Freundin nicht deine Kameraden vorstellen?«

»Das ist Franz«, habe ich gesagt. »Und das ist Roland, und das hier ist Chlodwig . . ., und Georg, und dann natürlich Otto.«

»Und meine Puppe, die heißt Annemarie«, hat Marie-Hedwig gesagt. »Sie hat ein Kleid aus handgewebtem Stoff.«

Da hat natürlich niemand was darauf sagen können, nur Mama, und sie hat gesagt, wir sollen uns an den Tisch setzen, es ist serviert.

Marie-Hedwig hat zwischen mir und Otto gesessen. Mama hat uns Kakao eingeschenkt und jedem ein Stück Kuchen auf den Teller gelegt. Das hat gut geschmeckt, und alle sind ganz still gewesen, und es war wie in der Schule, wenn der Schulrat kommt. Und dann hat Marie-Hedwig sich zu Otto umgedreht, und sie hat gesagt:

»Mann! Du ißt aber schnell! Ich habe noch nie jemanden so schnell essen sehen – phantastisch!«

Und sie hat ganz schnell mit den Augendeckeln geklimpert, immer rauf und runter.

Dem Otto hat das mit den Augendeckeln nicht viel ausgemacht, er hat Marie-Hedwig angeschaut und hat das große Stück Kuchen runtergeschluckt, das er im Mund gehabt hat. Aber dann ist er doch rot geworden und hat ganz doof gelacht.

»Pöh!« hat Georg gerufen. »Ich kann genau so schnell essen wie Otto – sogar noch schneller, wenn ich will!«

»Du spinnst wohl«, hat Otto gesagt.

»Oh – schneller als Otto!« hat Marie-Hedwig gerufen. »Das glaub ich nicht!«

Und Otto hat wieder so doof gelacht. Aber Georg hat gesagt: »Na – du wirst ja sehen!« Und er hat ganz schnell seinen Kuchen aufgegessen. Otto, der konnte natürlich nicht mehr mitmachen, nämlich, er hatte von seinem Stück Kuchen nichts mehr übrig. Aber dafür haben die anderen sich eingemischt.

»Ich hab gewonnen!« hat der Franz gerufen, und er hat überall Krümel verstreut.

»Das gilt nicht«, hat Roland gesagt. »Du hast ja fast nichts mehr auf dem Teller gehabt!«

»Ach nee!« hat der Franz gerufen. »Mein Teller war ganz voll!«

»Da muß ich ja lachen«, hat Chlodwig gesagt. »Ich hab das größte Stück gehabt. Keine Frage, wer gewonnen hat: ich!«

Ich hätte ihm am liebsten eins reingehauen – nee wirklich, der Chlodwig ist ein ganz gemeiner Betrüger! Aber da ist meine Mama reingekommen, und sie hat erstaunt auf den Tisch geschaut.

»Was?« hat sie gesagt. »Ihr seid doch nicht etwa schon mit dem ganzen Kuchen fertig?«

»Ich noch nicht«, hat Marie-Hedwig gesagt. Sie hat immer nur ganz kleine Stücke in den Mund gesteckt, und das hat ziemlich lange gedauert, nämlich, zuerst hat sie die Kuchenstücke ihrer Puppe angeboten, aber die hat natürlich nichts gegessen.

»Na schön«, hat Mama gesagt, »wenn ihr fertig seid, könnt ihr in den Garten gehen und spielen – das Wetter ist herrlich.« Und sie ist raus.

»Hast du 'n Fußball?« hat Chlodwig gefragt.

»Gute Idee!« hat Roland gerufen. »Ihr seid vielleicht ganz groß im Kuchenessen – aber Fußball! Das ist was anderes! Wenn ich den Ball einmal angenommen habe, dann kann ich jeden von euch ausspielen!«

»Ach nee!« hat Georg gesagt.

»Aber der beste im Purzelbaumschlagen ist Nick«, hat Marie-Hedwig gesagt.

»Purzelbaum?« hat Franz gesagt. »Den besten Purzelbaum schlage ich! Ich mach das schon seit Jahren.«

»Du hast wohl 'ne Meise!« hab ich gerufen. »Du weißt doch ganz genau, wer der beste im Purzelbaumschlagen ist! Ich!«

»Das werden wir ja sehen«, hat der Franz gesagt.

Wir sind alle in den Garten gelaufen, Marie-Hedwig auch – sie hatte ihren Kuchen tatsächlich noch aufgegessen.

Im Garten haben Franz und ich sofort angefangen Purzelbaum zu schlagen. Georg hat gesagt, wir haben ja keine Ahnung, und er macht uns das mal vor. Er hat auch angefangen Purzelbaum zu schlagen. Roland, der hat in solchen Sachen nicht viel zu bieten, und Chlodwig hat einmal probiert, aber dann hat er gleich wieder aufgehört, nämlich, er hat eine Kugel aus seiner Tasche im Gras verloren. Marie-Hedwig, die hat immer in die Hände geklatscht. Otto hat in der einen Hand ein Milchbrötchen gehabt – das hat er von zu Hause mitgebracht, damit er hinterher noch was zu essen hat –, und in der anderen Hand durfte er Annemarie halten, die Puppe von Marie-Hedwig. Ich hab nicht schlecht gestaunt: Der Otto hat doch tatsächlich der Puppe kleine Stücke von seinem Milchbrötchen angeboten! Und sonst gibt er niemandem etwas ab, nicht mal seinen besten Freunden!

Chlodwig, der hat seine Kugel wiedergefunden, er hat gesagt: »Na, wer von euch kann das denn?« Und er ist auf den Händen gelaufen.

»Oh!« hat Marie-Hedwig gerufen. »Das ist ja phantastisch!« Also: Auf den Händen laufen, das ist ziemlich schwierig, jedenfalls viel schwerer als Purzelbaum. Ich habe es versucht, und ich bin jedesmal umgekippt. Franz hat es besser gekonnt, und er ist sogar länger auf den Händen geblieben als Chlodwig. Aber das ist vielleicht auch daher gekommen, daß dem Chlodwig schon wieder die Kugel aus der Tasche gefallen war.

»Auf den Händen laufen – das ist ja Quatsch!« hat Roland gerufen. »Bäume raufklettern – das ist eine vernünftige Übung, damit kann man was anfangen!« Und Roland ist auf einen Baum geklettert, und ich muß schon sagen, auf unseren Baum kommt man gar nicht so einfach rauf, nämlich, er hat nur ein paar Äste, und die meisten sind ganz oben, da, wo die Blätter sind.

Wir haben alle lachen müssen, nämlich, der Roland hat den Baum mit Händen und Füßen umklammert, und er ist nur ganz langsam höher gekommen.

»Nun mach schon! Stemm dich hoch – warte, ich zeig's dir!« hat Georg gerufen.

Aber Roland hat den Baum nicht loslassen wollen, und da sind Georg und Chlodwig beide zugleich raufgeklettert. Aber Roland hat geschrien:

»Ich komm höher! Ich komm richtig rauf!«

Ein Glück, daß Papa nicht dagewesen ist, nämlich, er hat es gar nicht gern, wenn man mit den Bäumen Unsinn macht. Franz und ich, wir haben immer noch Purzelbaum geschlagen, auf dem Baum war ja kein Platz mehr, und Marie-Hedwig hat gezählt, wer die meisten Purzelbäume schlagen kann. Aber dann hat Frau Kortschild aus dem Garten nebenan gerufen:

»Marie-Hedwig! Komm schnell! Deine Klavierstunde!«

Marie-Hedwig, die hat ihre Puppe geholt, die Otto im Arm hatte, und sie hat Auf Wiedersehen gesagt und ist gegangen. Roland, Chlodwig und Georg sind vom Baum runter, Franz hat aufgehört, Purzelbäume zu schlagen, und Otto hat gesagt:

»Es ist schon spät, ich geh auch nach Hause!«

Und da sind sie alle nach Hause gegangen.

Das war ein prima Tag, und wir haben unheimlich viel Spaß gehabt – ich weiß nur nicht, ob Marie-Hedwig viel davon gehabt hat.

Es stimmt schon, wir sind nicht sehr nett zu ihr gewesen. Wir haben fast gar nicht mit ihr gesprochen und haben nur unter uns gespielt – so als wenn sie überhaupt nicht da wäre!

Die Farbstifte

Heute morgen, als ich gerade zur Schule gehen wollte, hat der Briefträger ein Päckchen für mich gebracht, ein Geschenk von meiner Oma. Der Briefträger ist Klasse!

Papa hat seinen Milchkaffee getrunken, und er hat gesagt: »Ach du lieber Himmel, das wird ja wieder Katastrophen geben!« Das hat aber Mama nicht gefallen, daß Papa so was sagt, sie hat angefangen zu schreien, jedes Mal, wenn meine Mutter was unternimmt, hast du was dagegen zu sagen, und Papa hat gesagt, er will seinen Milchkaffee in Ruhe trinken. Mama hat gesagt, aha, natürlich, den Milchkaffee darf sie dem Herrn machen und den Haushalt in Ordnung halten, dafür ist sie gut genug, und Papa hat gerufen, er hat nichts dergleichen behauptet, aber schließlich könnte man ja etwas Ruhe im Haus verlangen, und er muß schwer genug arbeiten, damit Mama alles Nötige hat zum Milchkaffee machen. Während Papa und Mama geredet haben, hab ich das Päckchen aufgemacht, und das war unheimlich dufte: eine Schachtel mit Farbstiften! Ich habe mich so toll gefreut, daß ich im Eßzimmer herumgesprungen bin vor Freude, und da sind mir alle Farbstifte auf den Boden gefallen.

»Na bitte – das fängt ja gut an!« hat Papa gesagt.

»Ich verstehe dich einfach nicht«, hat Mama gesagt. »Welche Katastrophen erwartest du denn eigentlich von diesen harmlosen Farbstiften? Also nein, wirklich – das ist mir unbegreiflich.«

»Du wirst schon sehen«, hat Papa gesagt. Er ist in sein Büro gefahren. Mama hat gesagt, ich soll die Stifte aufsammeln, und ich soll mich beeilen, sonst komme ich zu spät zur Schule. Ich habe mich beeilt und die Farbstifte alle wieder in die Schachtel gesteckt, und dann habe ich Mama gefragt, ob ich die Stifte mit in die Schule nehmen darf. Mama hat gesagt, sicher, warum nicht, wenn ich aufpasse und kein dummes Zeug mache mit den Farbstiften. Ich habe gesagt, ich verspreche es, und dann bin ich losgelaufen. Ich verstehe nicht, was Papa und Mama immer haben: Jedes Mal, wenn ich was geschenkt bekomme, erwarten sie, daß ich damit Dummheiten mache!

Als ich ankam, hatte es gerade zum Reingehen geläutet. Ich war natürlich sehr stolz auf meine Farbstifte, und ich war schon ganz verrückt darauf, sie meinen Kameraden zu zeigen. Ist auch wahr – normalerweise ist es immer Georg, der alle möglichen Sachen mit in die Schule bringt, nämlich, der Papa von Georg ist sehr reich, und er kauft ihm viele Sachen. Ich habe mich schon darauf gefreut, daß ich Georg mein Geschenk zeigen kann, damit er sieht, andere Leute kriegen auch Geschenke – nee, wirklich, verflixt noch mal!

In der ersten Stunde mußte Chlodwig an die Tafel, und unsere Lehrerin hat ihn geprüft. Inzwischen habe ich Otto meine Farbstifte gezeigt, nämlich Otto sitzt neben mir.

»Das ist doch gar nichts«, hat Otto gesagt.

»Die Stifte sind aber von meiner Oma!« hab ich gesagt.

»Was habt ihr denn da?« hat Joachim geflüstert.

Otto hat Joachim die Schachtel gegeben, und der hat sie an Max weitergegeben, und Max hat sie dem Franz rübergeschoben, und der hat sie an Roland weitergegeben und der an Georg, und Georg, der hat nicht schlecht geschaut.

Aber wie sie alle die Schachtel auf- und zugemacht haben und haben die Stifte rausgenommen und angeschaut und ausprobiert, da habe ich gedacht, hoffentlich merkt die Lehrerin nichts, sonst nimmt sie mir die Stifte weg. Ich habe dem Georg Zeichen gemacht, er soll mir die Stifte zurückgeben, aber da hat die Lehrerin schon gerufen:

»Nick! Was fuchtelst du da in der Luft herum? Mußt du denn schon wieder den Hanswurst machen?«

Da hab ich einen Schrecken gekriegt, und ich habe angefangen zu weinen, und ich habe der Lehrerin erklärt, daß ich eine Schachtel mit Farbstiften mitgebracht habe, und meine Oma hat sie mir geschenkt, und die anderen sollen sie mir wiedergeben.

Unsere Lehrerin hat mich ganz groß angeschaut, sie hat geseufzt, und dann hat sie gesagt:

»Gut. Derjenige, der Nicks Farbstifte hat, möge sie ihm wiedergeben!«

Georg ist aufgestanden, und er hat mir die Schachtel zurückgegeben. Ich habe hineingeschaut, und da fehlten eine Menge Stifte.

»Was ist denn jetzt noch?« hat die Lehrerin gefragt.

»Da fehlen aber Stifte«, habe ich gesagt.

»Derjenige, der die restlichen Farbstifte von Nick hat, möge sie ihm wiedergeben!«

Da sind natürlich alle meine Kameraden aufgesprungen und haben mir die Stifte gebracht. Die Lehrerin hat mit dem Lineal auf das Pult geschlagen, und sie hat uns allen eine Strafarbeit aufgegeben. Wir müssen den Satz konjugieren: ›Ich darf keine Farbstifte zum Anlaß nehmen, um den Unterricht zu stören und Unordnung in der Klasse zu stiften.‹ Der einzige, der nicht bestraft worden ist – ich meine: außer Adalbert, nämlich, der ist der Liebling von unserer Lehrerin, und der war auch gar nicht da, weil er Ziegenpeter hat –, der einzige, der nicht bestraft worden ist, das war Chlodwig, weil er ja an der Tafel war. Chlodwig hat aber sowieso in der Pause drinbleiben müssen. Das ist immer so, wenn er an der Tafel gewesen ist.

Als es zur Pause geläutet hat, habe ich die Schachtel mit den Farbstiften mitgenommen, damit ich in Ruhe mit meinen Kameraden darüber reden kann, ohne daß es gleich Strafarbeiten gibt. Ich habe auf dem Hof die Schachtel aufgemacht, aber da fehlte der gelbe Stift.

»Der Gelbe fehlt!« habe ich gerufen, »gebt mir den gelben Stift wieder!«

»Du fällst uns auf den Wecker mit deinen Stiften«, hat Georg gesagt. »Deinetwegen haben wir die Strafarbeit gekriegt!«

Aber da bin ich ganz schön wütend geworden.

»Wenn ihr nicht soviel Quatsch gemacht hättet, wäre das nicht passiert! Aber ich weiß, was ihr habt – ihr seid bloß nei-

disch! Und wenn ich den Dieb nicht rauskriege, dann geh ich hin und beschwer mich!«

»Der Franz hat den Gelben!« hat Roland gerufen. »Er wird schon ganz rot. He – habt ihr gehört? Ich habe einen Witz gemacht: Franz hat den Gelben – er ist schon ganz rot!«

Wir haben alle gelacht, ich auch, denn das war wirklich gut, und ich muß den Witz Papa erzählen. Der einzige, der nicht gelacht hat, das war Franz, nämlich, er ist zu Roland hingegangen und hat ihm eins mit der Faust auf die Nase gegeben.

»So – und nun sag noch mal, wer ein Dieb ist!« hat Franz gesagt, und er hat dem Georg gleich auch eins auf die Nase gegeben.

»Ich hab doch überhaupt nichts gesagt!« hat Georg gerufen, nämlich, Georg kann es nicht vertragen, wenn er eins auf die Nase kriegt – besonders vom Franz. Ich hab nicht schlecht gelacht: Das Gesicht von Georg, wie er eins auf die Nase kriegt, ganz unerwartet! Aber da ist Georg auf mich zugerannt und hat mir eine reingehauen, ganz gemein, und meine Schachtel mit den Farbstiften ist hingefallen, und wir haben uns gehauen. Der Hühnerbrüh – das ist der Hilfslehrer – ist schon angerannt gekommen. Er hat uns getrennt, und er hat gerufen, wir sind eine Bande von Wilden, und es interessiert ihn überhaupt nicht, um was es geht, jeder von uns schreibt bis morgen hundert Zeilen ab.

»Aber ich hab doch gar nichts damit zu tun«, hat Otto gesagt. »Ich habe ganz ruhig dagestanden und mein Butterbrot gegessen.«

»Ich auch nicht!« hat Joachim gesagt. »Ich hab Otto gerade gebeten, daß er mir ein Stück abgibt.«

»Hol's dir doch!« hat Otto gerufen.

Da hat der Joachim dem Otto auch eins reingehauen, und klar, da mußten sie doch jeder hundert Zeilen abschreiben. Als die Schule aus war, bin ich nach Hause gegangen, aber ich war ziemlich sauer: die Schachtel mit den Farbstiften war kaputt, ein paar Stifte waren abgebrochen, und der gelbe Stift war weg. Beim Essen habe ich angefangen zu weinen, und ich habe Mama erzählt, warum ich soviel Strafarbeiten machen muß. Papa ist auch zum Essen dagewesen, und er hat gesagt: »Aha – hab ich's nicht gesagt: Da haben wir die Katastrophe!«

»Du mußt auch alles übertreiben«, hat Mama gesagt.

Da hat es einen großen Bums gegeben: Papa ist umgefallen, nämlich, er ist auf meinen gelben Stift getreten, der lag vor der Tür zum Eßzimmer.

Wir haben im Radio gesprochen

Heute morgen in der Schule hat die Lehrerin zu uns gesagt: »Liebe Kinder, ich habe eine große Neuigkeit für euch: Im Rahmen einer umfangreichen Untersuchung über die Situation der Schulkinder kommen Reporter vom Rundfunk zu uns und machen ein Interview!«

Wir haben nichts gesagt, nämlich, wir haben überhaupt nicht verstanden, was los war – außer Adalbert, aber mit dem ist nichts los, der ist Klassenerster und der Liebling von unserer Lehrerin. Na ja, die Lehrerin hat uns erklärt, es kommen Männer vom Rundfunk und stellen uns Fragen, und das tun sie in allen Schulen in der ganzen Stadt, und heute sind wir dran.

»Ich verlasse mich darauf, daß ihr brav seid und vernünftige Antworten gebt«, hat unsere Lehrerin gesagt.

Wir sind alle wie verrückt gewesen, weil wir doch im Radio sprechen sollten. Und die Lehrerin hat ganz oft mit dem Lineal aufs Pult schlagen müssen, damit es überhaupt weitergehen konnte mit der Grammatikstunde.

Aber da ist schon die Tür aufgegangen, und der Rektor ist reingekommen und mit ihm zwei Herren, und einer von ihnen hat einen Koffer getragen.

»Aufstehen!« hat die Lehrerin gesagt.

»Hinsetzen«, hat der Rektor gesagt. »Liebe Kinder – es ist eine große Ehre für unsere Schule, daß der Rundfunk bei uns zu Besuch ist. Durch das Wunder der elektrischen Wellen und dank der genialen Erfindung Marconis können eure Worte auf diese Weise vielen tausend Familien übermittelt werden. Ich bin sicher, daß ihr diese Ehre zu schätzen wißt und daß ihr euch von echtem Verantwortungsgefühl leiten laßt. Wenn nicht, dann kann ich euch jetzt schon sagen: Wer den Clown macht, der wird mich kennenlernen! Dieser Herr hier wird euch jetzt erklären, was er von euch erwartet.«

Und dann hat einer von den Herren zu uns gesagt, er wird uns ein paar Fragen stellen – was wir besonders gern tun und was wir lesen und was wir in der Schule lernen. Dann hat er einen Apparat in die Hand genommen und hat gesagt:

»Das hier ist ein Mikrofon: Hier spricht man hinein, ganz leise und normal, ihr braucht auch keine Angst zu haben. Heute abend punkt acht Uhr könnt ihr euch dann im Radio hören, denn alles, was ihr sagt, wird aufgenommen.«

Dann hat sich der Herr zu dem anderen Herrn rumgedreht, der hatte schon seinen Koffer auf dem Pult von unserer Lehrerin aufgebaut. In dem Koffer waren allerhand Apparate, und der Herr hat sich einen Hörapparat auf die Ohren gesetzt – wie die Piloten in den Fliegerfilmen, die ich gesehen habe: überall war Nebel, und das Radio funktionierte nicht, und sie konnten die Stadt nicht finden, wo sie hinsollten, und da sind sie ins Wasser gefallen – der Film war große Klasse! Einer von den beiden Herren hat den anderen gefragt – den mit den Klappen über den Ohren:

»Kann's losgehen, Bobby?«

»Alles klar«, hat Bobby gesagt. »Sprechprobe.«

»Eins ... zwei ... drei ... vier ... fünf ... gut!« hat der erste Herr gesagt.

»Schon geritzt, lieber Fritz«, hat Bobby geantwortet.

»Gut«, hat der Herr Fritz gesagt. »Also: Wer will als erster sprechen?«

»Ich! Ich! Ich!« haben wir alle geschrien.

Der Herr Fritz hat gelacht, und er hat gesagt:

»Na, ich sehe schon, da haben wir ja eine Menge Kandidaten. Am besten bitte ich euer Fräulein, einen von euch zu bestimmen.«

Die Lehrerin hat gesagt, sie sollen Adalbert fragen – natürlich! Immer dasselbe Theater mit den Klassenersten und den Lieblingsschülern. Nee wirklich!

Adalbert ist zu Herrn Bobby gegangen, und der Herr Bobby hat ihm das Mikrofon vors Gesicht gehalten, und das war ganz weiß, das Gesicht von Adalbert.

»Nun – sagst du mir deinen Namen, mein Kleiner?« hat der Herr Bobby gefragt.

Adalbert hat den Mund aufgemacht, aber gesagt hat er nichts.

Der Herr Bobby hat gefragt:

»Du heißt doch Adalbert, nicht wahr?«

Adalbert hat genickt.

»Ich höre, du bist der Klassenerste«, hat der Herr Bobby gesagt. »Nun, wir möchten gerne wissen, was du in deiner Freizeit tust, welche Spiele du am liebsten spielst ... Sprich nur ruhig! Was ist denn? Du brauchst doch keine Angst zu haben!«

Aber da hat Adalbert schon angefangen zu heulen, und dann ist ihm schlecht geworden, und die Lehrerin ist mit ihm rausgelaufen.

Der Herr Fritz hat sich die Stirn abgetrocknet. Er hat zu dem Herrn Bobby hinübergeschaut, und dann hat er uns gefragt: »Wer von euch hat denn keine Angst, ins Mikrofon zu sprechen?«

»Ich! Ich! Ich!« haben wir alle geschrien.

»Schön«, hat der Herr Fritz gesagt. »Der kleine Dicke – du da! Komm mal her. So, nun kann's endlich losgehen. Wie heißt du denn, mein Kleiner?«

»Otto«, hat Otto gesagt.

»Oppo?« hat der Herr Fritz ganz erstaunt gesagt.

»Hättest du vielleicht die Güte, nicht mit vollem Mund zu sprechen?« hat der Rektor gesagt.

»Na ja«, hat Otto gesagt. »Ich hatte doch gerade in mein Hörnchen gebissen, als der da mich aufgerufen hat.«

»Ein Hörn-, also hier wird neuerdings während des Unterrichts gegessen, wie?« hat der Rektor gerufen. »Das ist ja die Höhe! Marsch, in die Ecke mit dir! Wir reden noch darüber – nein, das Hörnchen bleibt auf dem Tisch!«

Otto, der hat gestöhnt, und er hat das Hörnchen auf das Pult von unserer Lehrerin gelegt. Er ist in die Ecke gegangen, aber da hat er einen Krapfen gegessen, den er noch in seiner Jakkentasche hatte. Der Herr Fritz hat mit seinem Ärmel das Mikrofon abgeputzt.

»Sie müssen die Kleinen entschuldigen«, hat der Rektor gesagt. »Sie sind eben noch jung und undiszipliniert.«

»Oh – das kennen wir schon«, hat der Herr Fritz gesagt und hat gelacht. »Neulich hatten wir ein Interview mit Hafenarbeitern – was Bobby?«

»Das war ein dickes Ding – aber wir kommen schon klar!« hat Herr Bobby gesagt.

Der Herr Fritz, der hat den Franz aufgerufen.

»Wie heißt du denn, mein Kleiner?« hat er gefragt.

»Franz!!« hat der Franz geschrien, und der Herr Bobby hat ganz schnell den Kopfhörer abgenommen.

»Nicht so laut!« hat der Herr Fritz gesagt. »Dafür hat man ja gerade das Radio erfunden, daß man uns ganz weit hören kann, ohne daß wir schreien müssen. Fangen wir noch mal an – ab! Wie heißt du denn, mein Kleiner?«

»Franz, immer noch!« hat der Franz gesagt. »Ich hab's Ihnen doch schon gesagt.«

»Aber nein«, hat der Herr Fritz gesagt. »Du darfst nicht sagen, daß du es schon gesagt hast. Ich frage dich nach dem

Namen, du sagst ihn – und Schluß. Fertig, Bobby? Also, noch mal. Ab! Wie heißt du denn, mein Kleiner?«

»Franz«, hat der Franz gesagt.

»Na, jetzt wissen wir es ja alle!« hat Georg gerufen.

»Georg ... raus!« hat der Rektor gerufen, und der Herr Fritz hat ganz laut »Ruhe!« geschrien.

»Hee! Sag das doch vorher, wenn du schreist!« hat der Herr Bobby gerufen, und er hat ganz schnell die Klappen von den Ohren genommen. Herr Fritz, der hat sich mit beiden Händen die Augen zugehalten. Er hat einen Augenblick gewartet, und dann hat er Franz ganz ruhig gefragt, was er denn am liebsten in der Freizeit macht.

»Ich bin unheimlich gut im Fußball«, hat Franz gesagt. »Da schlage ich alle!«

»Das ist überhaupt nicht wahr«, habe ich gesagt. »Gestern bist du im Tor gewesen, und wir haben dir ganz schön was reingeknallt!«

»Na und ob!« hat Chlodwig gerufen.

»Aber Roland hatte doch schon Abseits gepfiffen!« hat Franz gesagt.

»Kunststück«, hat Max gesagt. »Der hat ja auch in deiner Mannschaft mitgespielt. Ich hab's euch schon hundertmal gesagt: ein Feldspieler darf nicht gleichzeitig Schiedsrichter sein – auch wenn er der einzige ist, der 'ne Pfeife hat!«

»Du willst wohl eins auf die Nase haben?« hat Franz gefragt, und der Rektor hat dazwischengerufen, er muß am Donnerstag nachsitzen. Der Herr Fritz hat gesagt, hier läuft nichts mehr, und es reicht, und der Herr Bobby hat alle Sachen wieder in den Koffer getan, und die beiden sind rausgegangen. Abends um acht Uhr haben Papa und Mama zusammengesessen mit Herrn und Frau Bleder und mit Herrn und Frau Kortschild – das sind unsere Nachbarn. Herr Bärlein war auch da – der arbeitet in dem Büro, wo mein Papa ist – und Onkel Eugen. Wir haben alle vor dem Apparat gesessen, um zu hören, wie ich im Radio spreche. Meine Oma hat zu spät Bescheid bekommen, deshalb hat sie nicht kommen können, aber sie hat zu Hause vor dem Radio gesessen mit ihren Freunden.

Mein Papa war sehr stolz auf mich, er hat mir übers Haar gestrichen und hat »He-he!« gemacht. Alle waren guter Laune! Aber ich weiß nicht, was da passiert ist im Rundfunk: Um acht Uhr gab es nur Musik, sonst nichts.

Das hat mir sehr leid getan, und ich habe mir gedacht: Der Herr Fritz und der Herr Bobby, die müssen jetzt ganz schön enttäuscht sein.

Oma kommt zu Besuch

Ich freu mich schon ganz toll, nämlich, meine Oma kommt, und sie bleibt ein paar Tage bei uns zu Hause. Oma, das ist die Mama von meiner Mama, ich hab sie sehr gern, sie schenkt mir immer eine Menge prima Sachen.

Papa mußte heute nachmittag etwas früher aus dem Büro wegfahren, damit er die Oma am Zug abholen konnte, aber dann ist die Oma schon allein gekommen, mit dem Taxi.

»Mama!« hat Mama gerufen. »So früh hatten wir dich gar nicht erwartet!«

»Ja, ja«, hat Oma gesagt. »Ich habe den Zug um 15 Uhr 47 genommen und nicht den um 16 Uhr 13, deshalb. Ich hab gedacht, ich brauch nicht noch mal zu telefonieren, um euch Bescheid zu sagen ... Du bist aber groß geworden, mein Häschen, schon ein richtiger Mann! Komm, gib mir ein Küßchen! Du weißt, ich habe ein paar Überraschungen für dich in meinem großen Koffer – aber den habe ich in der Gepäckaufbewahrung gelassen – ach ja, wo ist denn dein Mann eigentlich?«

»Das ist es ja gerade«, hat Mama gesagt. »Der ist zum Bahnhof gefahren, um dich abzuholen, der Ärmste!«

Meine Oma, die hat sehr gelacht, und sie hat immer noch Spaß gemacht, als Papa nach Haus gekommen ist.

»Du, Oma!« habe ich gerufen. »Du! Oma? Und die Geschenke?«

»Nick! Willst du wohl still sein! Schämst du dich nicht?« hat Mama zu mir gesagt.

»Aber du hast ja völlig recht, mein kleiner Engel«, hat Oma gesagt. »Nur – weil mich niemand am Bahnhof abgeholt hat, habe ich es vorgezogen, meinen Koffer bei der Gepäckaufbewahrung zu lassen. Er ist zu schwer. Ich habe gedacht, Schwiegersohn, du könntest ihn mir holen ...«

Papa, der hat die Oma angeschaut, und er ist wieder gegangen, ohne ein Wort zu sagen. Als er wieder da war, hat er ein bißchen müde ausgesehen, das kam daher, daß der Koffer von meiner Oma sehr groß gewesen ist und sehr schwer, Papa hat ihn mit beiden Händen tragen müssen.

»Was schleppst du denn da bloß mit dir herum?« hat Papa gefragt. »Pflastersteine?«

Aber da hat Papa sich geirrt, die Oma hat keine Pflastersteine mitgebracht, sondern ein Bastelspiel für mich und ein Gänsespiel (ich hab schon zwei), einen roten Ball, ein kleines Auto und ein Feuerwehrauto und einen Kreisel, der Musik macht.

»Du verwöhnst ihn ja viel zu sehr!« hat Mama gerufen.

»Verwöhnen? Meinen kleinen Nick? Meinen kleinen Liebling? Mein Häschen?« hat Oma gesagt. »Aber woher denn! Komm, gib mir ein Küßchen, Nick!«

Nach dem Küßchen hat Oma gefragt, wo sie denn schläft, damit sie anfangen kann, ihre Sachen auszupacken.

»Das Bett von Nick ist zu klein«, hat Mama gesagt. »Das Sofa im Wohnzimmer ginge ja zur Not, aber ich frage mich, ob du es bei mir im Schlafzimmer nicht bequemer hast ...«

»Aber nein, nicht doch«, hat Oma gesagt. »Ich komm schon mit dem Sofa zurecht. Meinen Ischias, den spür ich schon fast gar nicht mehr.«

»Nein, nein, nein!« hat Mama gesagt. »Wir können dich nicht auf dem Sofa schlafen lassen – nicht wahr, mein Lieber?«

»Nein«, hat Papa gesagt, und er hat Mama angeschaut.

Papa hat Omas Koffer raufgetragen ins Schlafzimmer. In der Zeit, wo Oma ihre Sachen ausgepackt hat, ist er ins Wohnzimmer runtergegangen, und er hat sich mit seiner Zeitung in den Sessel gesetzt, wie immer, und ich hab mit dem Kreisel

gespielt – aber da hat man nicht viel davon, nämlich, das ist ein Baby-Spielzeug.

»Kannst du nicht ein bißchen weiter weg spielen?« hat Papa gefragt.

Die Oma ist auch runtergekommen, sie hat sich auf einen Stuhl gesetzt, und sie hat gefragt, ob mir der Kreisel gut gefällt, und ob ich weiß, wie man es macht. Ich habe Oma gezeigt, daß ich es kann, und die Oma, die war sehr erstaunt. Sie hat sich ganz toll gefreut, und sie hat mich gefragt, ob ich ihr ein Küßchen gebe. Nachher hat sie Papa gefragt, ob er ihr einmal die Zeitung leiht, nämlich, sie hat keine Zeit mehr gehabt, sich eine zu kaufen, vor Abfahrt des Zuges. Papa ist aufgestanden, er hat Oma die Zeitung gegeben, und Oma hat sich in den Sessel von Papa gesetzt, nämlich, da hat man besseres Licht zum Lesen.

»Zu Tisch!« hat Mama gerufen.

Wir sind zum Essen gegangen, und das war ganz toll! Mama hat einen kalten Fisch gemacht, mit Mayonnaise (Mayonnaise eß ich unheimlich gern!). Dann gab's Ente mit grünen Erbsen, und dann noch Käse, und dann Crèmeschnittchen, und dann Obst, und Oma hat gesagt, ich darf zweimal nehmen, und beim Kuchen hat sie mir nach dem zweiten Mal noch ein Stück von ihrem gegeben.

»Er wird sich den Magen verderben«, hat Papa gesagt.

»Oh – es ist ja nur das eine Mal. Das wird ihm nichts ausmachen«, hat Oma gesagt.

Und dann hat Oma gesagt, sie ist sehr müde von der Reise, und sie möchte früh schlafen gehen. Sie hat allen ihre Küßchen gegeben, und dann hat Papa gesagt, er ist auch sehr müde, und er muß morgen schon etwas früher in seinem Büro sein, weil er heute etwas früher aufgehört hat, um Oma vom Bahnhof abzuholen, und alle sind schlafen gegangen.

In der Nacht ist mir sehr schlecht geworden; der erste, der gekommen ist, das war Papa, und er ist vom Wohnzimmer raufgerannt. Oma, die ist auch wach geworden, und sie hat sich sehr beunruhigt, sie hat gesagt, das ist nicht normal, und sie hat gefragt, habt ihr schon mal den Doktor konsultiert wegen des Kleinen. Und dann bin ich wieder eingeschlafen.

Heute morgen ist Mama gekommen, sie hat mich aufgeweckt, und da ist Papa auch in mein Zimmer gekommen.

»Kannst du deiner Mutter nicht mal sagen, sie soll sich etwas beeilen?« hat Papa gesagt. »Sie ist jetzt schon seit einer Stunde im Badezimmer. Ich frage mich wahrhaftig, was sie da so lange macht!«

»Sie badet«, hat Mama gesagt, »das wird sie ja schließlich noch dürfen, oder?«

»Aber ich bin in Eile!« hat Papa gerufen. »Sie hat doch Zeit, sie muß doch nirgendwo hin! Aber ich, ich muß in mein Büro! Ich komm bestimmt zu spät!«

»Leise«, hat Mama gesagt. »Sie wird dich noch hören!«

»Soll sie doch!« hat Papa gerufen. »Nach der Nacht, die ich auf diesem Unglückssofa zugebracht habe, kann ich ...«

»Aber doch nicht vor dem Kleinen!« hat Mama gesagt. Sie ist ganz rot geworden, und sie hat sehr böse ausgesehen.

»Außerdem: Ich habe es wohl gesehen – seit ihrer Ankunft versuchst du dich ständig mit ihr anzulegen! Natürlich, wenn es sich um meine Familie handelt – das ist immer das gleiche. Sobald es sich um deine Leute handelt, um deinen Bruder Eugen zum Beispiel . . .«

»Hör schon auf, mir reicht's«, hat Papa gesagt. »Laß Eugen aus dem Spiel, und sag deiner Mutter, sie soll mir das Rasierzeug und die Seife rausgeben. Ich wasch mich in der Küche.«

Als Papa zum Frühstück gekommen ist, saßen wir schon am Tisch, Oma und ich.

»Beeil dich, Nick«, hat Papa zu mir gesagt. »Du kommst sonst auch zu spät!«

»Wie?« hat Oma gesagt. »Willst du ihn etwa zur Schule schicken, nachdem er diese Nacht hinter sich hat? Sieh ihn dir doch an! Er ist ganz blaß, der arme Liebling! Nicht wahr, du bist noch sehr müde, mein Häschen?«

»O ja«, habe ich gesagt.

»Seht ihr?« hat Oma gesagt. »Ich glaube, ihr hättet den Doktor konsultieren sollen wegen des Kleinen.«

»Nein, nein«, hat Mama gesagt, nämlich, die kam gerade mit dem Kaffee rein. »Nick geht in die Schule!«

Da habe ich angefangen zu weinen, ich habe gesagt, ich bin sehr müde und ganz toll blaß. Mama, die hat mit mir geschimpft, und Oma hat gesagt, sie will sich ja nicht in Dinge einmischen, die sie nichts angehen, aber sie denkt, es ist ja schließlich keine Tragödie, wenn ich mal einen Tag nicht zur Schule gehe, und sie hat ja leider nicht allzuoft Gelegenheit, ihren Enkel zu sehen.

Mama hat gesagt, gut, gut, dieses eine Mal, meinetwegen –
aber sie war gar nicht einverstanden, und Oma hat gesagt, ich
soll ihr ein Küßchen geben.

»Also«, hat Papa gesagt, »ich fahre los. Ich werde versuchen,
heute abend nicht zu spät zurückzukommen.«

»Jedenfalls«, hat Oma gesagt, »fühlt euch bitte nicht ver-
pflichtet, irgend etwas an euren Lebensgewohnheiten zu än-
dern, nur weil ich hier bin. Tut ganz so, als ob ich gar nicht
hier wäre!«

Max, der Zauberer

Wir waren alle bei Max eingeladen zum Kakao, und wir haben uns nicht schlecht gewundert, nämlich, Max, der lädt nie jemanden zu sich ein nach Hause. Seine Mama, die will das nicht haben, aber er hat uns erklärt, sein Onkel, der Seemann ist – aber ich glaube, das ist alles Quatsch und er ist in Wirklichkeit gar kein Seemann –, also, daß sein Onkel ihm einen Zauberkasten geschenkt hat. Na ja, und Zaubern macht keinen Spaß, wenn niemand zuschaut, und deshalb hat seine Mama ihm erlaubt, uns einzuladen.

Als ich hinkam, waren alle anderen schon da, und die Mama von Max hat uns was zum Essen und zum Trinken gebracht, Tee und Milch und Butterbrote – aber das war nichts Besonderes. Wir haben alle zugesehen, wie Otto die beiden kleinen Schokoladenbrote gegessen hat, die er von zu Hause mitgebracht hatte. Den Otto braucht man gar nicht erst zu fragen, ob er einem was abgibt, nämlich, Otto, das ist ein prima Kumpel, und er gibt alles ab, egal, was es ist – nur nichts, was man essen kann.

Nach dem Tee hat Max gesagt, wir sollen ins Wohnzimmer kommen. Da hatte er die Stühle in Reihen aufgestellt, wie bei

Chlodwig, wenn sein Vater für uns Kasperle spielt. Max, der hat sich hinter dem Tisch aufgestellt, und auf dem Tisch ist der Zauberkasten gewesen, der war ganz voll mit Sachen zum Zaubern. Max hat einen Zauberstab rausgenommen und einen dicken Würfel.

»Ihr seht diesen Würfel«, hat Max gesagt. »Er ist zwar besonders dick, aber sonst ist er genauso wie jeder andere Würfel.«

»Kein Stück«, hat Georg gesagt. »Er ist hohl, und innen ist noch ein Würfel.«

Max, der ist dagestanden mit offenem Mund, und er hat Georg angeschaut.

»Was verstehst du denn davon?« hat er Georg gefragt.

»'ne Menge, nämlich, ich hab den gleichen Zauberkasten zu

40

Hause«, hat Georg geantwortet. »Mein Papa hat ihn mir geschenkt, als ich Zwölfter geworden bin in Rechtschreibung.«
»Ach so – und da ist ein Trick dabei?« hat Roland gefragt.
»Nee, mein Herr! Da ist kein Trick dabei!« hat Max geschrien. »Das einzige, was dabei ist: der Georg ist ein dreckiger Lügner!«
»Klar ist er hohl, dein Würfel!« hat Georg gesagt. »Und sag
bloß noch mal, daß ich ein dreckiger Lügner bin, dann
schmier' ich dir eine!«
Aber da ist die Mama von Max ins Wohnzimmer gekommen.
Sie ist einen Moment dageblieben und hat uns angeschaut und
sie hat geseufzt. Dann ist sie wieder raus, und sie hat die Vase
vom Kamin mitgenommen. Die Sache mit dem hohlen Würfel, die hat mich unheimlich interessiert, und ich bin zum
Tisch gegangen, um mir das aus der Nähe anzusehen.
»Nein!« hat Max geschrien. »Nein! Geh an deinen Platz zurück, Nick! Du darfst nicht so nahe rankommen!«
»Und warum nicht, bitte schön?« habe ich gefragt.
»Weil da ein Trick dabei ist, warum sonst?« hat Roland
gesagt.
»Na klar«, hat Georg gesagt. »Der Würfel ist hohl, und wenn
du ihn auf den Tisch stellst, dann ist der andere Würfel, der da
drin ist . . .«
»Wenn du nicht still bist, dann kannst du nach Hause gehen!«
hat Max gerufen.

Die Mama von Max, die ist wieder reingekommen ins Wohnzimmer, und sie hat die kleine Figur mit rausgenommen, die
auf dem Klavier stand.

Max hat die Sache mit dem Würfel aufgegeben, und er hat
einen kleinen Topf rausgeholt.

»Dieser Topf ist leer«, hat Max gesagt, und er hat ihn uns gezeigt. Er hat zu Georg rübergeschaut, aber Georg hat
Chlodwig den Trick mit dem Würfel noch mal erklärt, nämlich, der hatte nicht alles verstanden.

»Ich weiß schon«, hat Joachim gesagt, »der Topf ist leer, und
du läßt eine weiße Taube rausfliegen!«

»Wenn er das schafft«, hat Roland gesagt, »dann ist bestimmt
irgendein Trick dabei.«

»Eine Taube?« hat Max gesagt. »Nee! Woher soll ich denn 'ne
Taube nehmen, du Idiot!«

»Ich hab einen Zauberer im Fernsehen gesehen, der hat überall eine Menge Tauben rausgeholt – selbst Idiot!« hat Georg geantwortet.

»Erst mal«, hat Max gesagt, »auch wenn ich wollte, dürfte ich keine Taube aus dem Topf rausholen, nämlich, meine Mama hat mir verboten, Tiere ins Haus zu bringen. Einmal hab ich eine Ratte mitgebracht – da war vielleicht was los! Und wer ist hier der Idiot, bitte schön?«

»Schade«, hat Otto gesagt. »Tauben sind prima. Nicht viel dran, aber mit grünen Erbsen und mit brauner Soße … Klasse! Wie Hähnchen!«

»Du bist der Idiot!« hat Joachim zu Max gesagt. »Ist jetzt klar, wer der Idiot ist?«

Und da ist die Mama von Max wieder reingekommen – ich hab mich ja allmählich gefragt, ob sie nicht vielleicht an der Türe horcht –, und sie hat zu uns gesagt, wir sollen brav sein und achtgeben, daß der Lampe in der Ecke nichts passiert. Ich hab sie angesehen, als sie rausging. Sie hat ganz komisch ausgesehen, die Mama von Max, so als ob sie sich Sorgen macht.

»Der Topf«, hat Chlodwig gesagt, »ist der auch so hohl wie der Würfel?«

»Nicht der ganze Topf, nur der Boden«, hat Georg gesagt.

»Also wieder 'n Trick«, hat Roland gesagt.

Na, da ist Max aber böse geworden, er hat gesagt, wir sind ganz unkameradschaftlich, und er hat seinen Zauberkasten zugeklappt und hat gesagt, er macht keine Kunststücke mehr. Er hat ein Gesicht gezogen, und keiner von uns hat mehr ein

Wort gesagt. Und die Mama von Max ist auch sofort wieder dagewesen.

»Was ist denn hier los?« hat sie gerufen. »Ich höre ja keinen Ton mehr von euch!«

»Die sind ganz gemein!« hat Max gerufen. »Die lassen mich nicht meine Kunststücke machen!«

»Hört mal, Kinder!« hat die Mama von Max gesagt. »Ihr sollt ja euren Spaß haben, aber vor allem: benehmt euch anständig! Wenn das nicht möglich ist, dann geht ihr eben nach Hause. Ich muß jetzt noch was einkaufen gehen, und ich verlasse mich darauf, daß ihr vernünftige große Jungen seid. Und paßt ja auf, daß mit der Uhr auf der Kommode nichts passiert!« Die Mama von Max hat uns noch mal angeschaut, und dann ist sie raus, sie hat den Kopf geschüttelt, als wenn sie Nein sagen will, und sie hat zur Decke raufgeschaut.

»So«, hat Max gesagt. »Seht ihr diese weiße Kugel? Schön, die werd ich jetzt verschwinden lassen.«

»Ist das auch 'n Trick?« hat Roland gefragt.

»Klar«, hat Georg gesagt. »Er deckt sie zu, und dann steckt er sie in die Tasche.«

»Das denkst du nur!« hat Max geschrien. »Das denkst du nur! Ich lasse sie verschwinden – vollkommen verschwinden!«

»Keine Spur«, hat Georg gesagt. »Du läßt sie nicht verschwinden, du steckst sie in die Tasche – genauso wie ich sage!«

»Was ist denn nun – läßt er sie verschwinden oder nicht, seine weiße Kugel?« hat der Franz gerufen.

»Allerdings kann ich sie verschwinden lassen, die Kugel!« hat

Max gesagt. »Wenn ich will. Aber ich will nicht, nämlich, ihr seid keine richtigen Kameraden – so! Und Mama hat ganz recht, wenn sie sagt, ihr seid eine Bande von Barbaren!«

»Aha, was hab ich gesagt!« hat Georg gerufen. »Um eine Kugel richtig verschwinden zu lassen, muß man ein richtiger Zauberer sein und nicht so eine Pfeife wie du!«

Da ist Max ganz böse geworden, und er ist auf Georg zugelaufen, um ihm eine reinzuhauen, aber Georg, dem hat das nicht gefallen, er hat den ganzen Zauberkasten auf den Boden geschmissen, und er ist auch wütend geworden, und er und Max haben sich ganz schön verhauen. Wir haben viel Spaß gehabt, und dann ist die Mama von Max wieder ins Wohnzimmer gekommen. Sie hat sehr unzufrieden ausgesehen.

»Geht nach Hause! Alle! Aber sofort!« hat die Mama von Max zu uns gesagt.

Na, wir sind gegangen, und ich war ziemlich enttäuscht, obwohl der Nachmittag ja eigentlich ganz prima war, aber ich hätte gerne gesehen, wie Max seine Zauberkunststücke vorführt.

»Pöh«, hat Chlodwig gesagt. »Ich glaube, Roland hat recht: Max, der ist nicht so gut wie die richtigen Zauberer im Fernsehen – das sind alles nur Tricks bei ihm!«

Am nächsten Morgen in der Schule ist Max immer noch böse mit uns gewesen, nämlich, als er seinen Zauberkasten wieder zusammengesucht hat, da war die weiße Kugel verschwunden.

Regen

Ich finde es ganz prima, wenn es so richtig toll regnet, nämlich, dann geh ich nicht zur Schule und bleibe zu Hause und spiele mit der elektrischen Eisenbahn. Aber heute hat es nicht genug geregnet, und ich hab in die Schule gehen müssen.

Na ja, macht nichts – wenn es regnet, dann gibt es trotzdem Spaß, das kennt man ja: man kann den Mund aufmachen und die Wassertropfen auffangen, man läuft durch die Pfützen und tritt feste rein, damit die Kameraden vollgespritzt werden, man geht unter den Dachrinnen durch, und wenn einem das Wasser in den Hemdkragen reinläuft, das ist unheimlich kalt, sogar dann, wenn man im Regenmantel drunter durchläuft, und es nützt auch nichts, daß man ihn auch bis zum Hals zugeknöpft hat.

Es ist nur blöd, daß wir in der Pause nicht runterdürfen auf den Hof, nämlich, damit wir uns nicht naßmachen.

In unserer Klasse war das Licht eingeschaltet, das war ganz komisch, und dann war da eine Sache, die ich prima finde: Wenn man sieht, wie an den Fenstern die Tropfen runterlaufen, richtig um die Wette, wer zuerst ankommt. Wie kleine

Bäche. Und dann hat es zur Pause geläutet, und unsere Lehrerin hat zu uns gesagt:

»So, jetzt in der Pause könnt ihr euch unterhalten, aber seid vernünftig!«

Wir haben natürlich angefangen zu reden, alle auf einmal, das gibt ein ganz schönes Durcheinander, und man muß richtig brüllen, um verstanden zu werden. Unsere Lehrerin, die hat ganz tief geseufzt, sie ist aufgestanden und rausgegangen auf den Flur, sie hat die Tür aufgelassen, und draußen hat sie mit den anderen Lehrerinnen geredet, aber die sind lange nicht so nett wie unsere, und deswegen wollen wir unserem Fräulein auch möglichst wenig Ärger machen.

»Komm!« hat der Franz gesagt. »Wir spielen Jägerball!«

»Du hast wohl 'ne Macke!« hat Roland gesagt. »Das gibt doch ein Riesentheater mit unserer Lehrerin, und außerdem: da geht bestimmt eine Fensterscheibe dabei drauf!«

»Kein Problem«, hat Joachim gesagt. »Dann machen wir eben die Fenster auf.«

Das ist eine prima Idee gewesen, und wir sind alle hingelaufen und haben die Fenster aufgemacht, alle außer Adalbert, nämlich, der hat sich die Ohren zugehalten und laut aufgesagt, was wir für Geschichte aufhatten. Der hat ja 'nen Knall, der Adalbert!

Wir haben die Fenster aufgemacht, und das war prima! Nämlich, der Wind ist reingefegt in die Klasse, und wir haben Regentropfen ins Gesicht gekriegt, ganz dufte. Aber auf einmal hat jemand ganz laut geschrien, und das war unsere Lehrerin, die war wieder reingekommen.

48

»Seid ihr denn ganz und gar verrückt geworden!« hat unsere Lehrerin gerufen. »Wollt ihr wohl sofort die Fenster schließen!«

»Es ist nur, weil wir Jägerball spielen, Fräulein«, hat Joachim erklärt.

Aber unsere Lehrerin hat gesagt, Ballspielen kommt überhaupt nicht in Frage, und wir sollen sofort die Fenster schließen. Sie hat gesagt, wir sollen uns alle hinsetzen, aber das war blöd, nämlich, die Bänke an der Fensterseite sind alle ganz naß gewesen. Wasser ins Gesicht kriegen ist prima, aber sich reinsetzen, das ist ein blödes Gefühl. Unsere Lehrerin hat die Arme hochgehoben, sie hat gesagt, wir sind ganz unerträglich, und wir sollen uns gefälligst in die Bänke setzen, die trocken sind. Das hat natürlich ein bißchen Durcheinander gegeben, weil jeder einen Sitzplatz gesucht hat, und in einigen Bänken waren fünf von unseren Kameraden, dabei sitzen wir schon zu dritt sehr eng. Ich hab mit Roland, Chlodwig und Franz in einer Bank gesessen. Aber da hat unsere Lehrerin mit dem Lineal auf das Pult geschlagen, und sie hat gerufen: »Ruhe!«

Wir haben keinen Ton mehr gesagt, außer Adalbert, der hatte nichts gehört, und er hat immer noch seine Geschichtslektion aufgesagt. Er war ganz allein in seiner Bank, nämlich, niemand will mit dem dreckigen Ranschmeißer zusammensitzen, außer vielleicht, wenn wir einen Aufsatz schreiben. Aber dann hat Adalbert aufgeschaut, er hat die Lehrerin gesehen und hat sofort aufgehört, vor sich hin zu reden.

»Also«, hat unsere Lehrerin gesagt, »ich will nichts mehr von

euch hören. Beim kleinsten Versuch, Dummheiten zu machen, werde ich hart durchgreifen – verstanden? So – und jetzt verteilt euch ein bißchen in den Bänken, aber leise, wenn's recht ist!«

Na, wir sind alle aufgestanden, ohne was zu sagen, und wir haben uns die richtigen Plätze gesucht, nämlich, man hat gleich gemerkt, unsere Lehrerin ist wütend, und es ist besser, mit dem Quatsch aufzuhören. Ich hab mit Georg, Max, Chlodwig und Otto zusammengesessen, und das war nicht besonders bequem, nämlich, Otto braucht immer viel Platz, und er schmiert alles voll mit seinen Butterbroten. Unsere Lehrerin hat uns angeschaut, sie hat geseufzt und ist wieder rausgegangen, um mit den anderen Lehrerinnen zu sprechen. Georg, der ist aufgestanden, er ist an die Tafel gegangen und

50

hat mit Kreide einen ganz komischen Typ gezeichnet, ohne Nase, aber unheimlich prima, und er hat geschrieben: Max ist doof! Wir haben alle gelacht, außer Adalbert, der war schon wieder mit seiner Geschichte beschäftigt, und natürlich auch außer Max, der ist aufgestanden und zu Georg hingegangen und hat ihm eine gelangt. Georg, der hat sich natürlich verteidigt, aber wir haben kaum aufspringen und losbrüllen können, da ist unsere Lehrerin schon wieder zur Türe reingerannt, sie war ganz rot, und sie hat die Augen weit aufgerissen. Ich habe sie noch nie so wütend gesehen – seit einer Woche. Sie hat die Tafel angeschaut, und das war ganz schlimm.

»Wer hat das gemacht?« hat die Lehrerin gefragt.

»Georg!« hat Adalbert gesagt.

»Du dreckiger Angeber!« hat Georg gerufen. »Du kriegst schon noch die Hucke voll, warte nur!«

»O ja«, hat Max geschrien. »Los, Georg, ran!«

Das ist unheimlich Klasse gewesen, aber unsere Lehrerin, die ist ganz komisch wütend geworden, und sie hat sehr oft mit ihrem Lineal auf das Pult geschlagen. Adalbert hat angefangen zu schreien und zu heulen. Er hat gerufen, alle sind gegen ihn, und das ist ganz ungerecht, und er wird von allen ausgenutzt, und er will am liebsten sterben, und er beschwert sich bei seinen Eltern. Wir haben alle zwischen den Bänken gestanden, wir haben geschrien, und wir haben unheimlich viel Spaß gehabt.

»Setzen!« hat unsere Lehrerin gerufen. »Zum letzten Mal – setzt euch! Ich will keinen Ton mehr hören! Setzen!«

Da haben wir uns hingesetzt. Ich war mit Roland, Max und Joachim zusammen, und da ist der Rektor in die Klasse reingekommen.

»Auf!« hat die Lehrerin gesagt.

»Setzt euch«, hat der Rektor gesagt.

Er hat uns angeschaut, und dann hat er unsere Lehrerin gefragt:

»Was geht denn eigentlich hier vor? Man hört Ihre Schüler in der ganzen Schule! Das ist ja unerträglich! Und warum sitzen die Schüler zu viert und zu fünft in einer Bank – und die Bänke da drüben sind leer? Jeder an seinen Platz!«

Wir sind alle aufgestanden, aber unsere Lehrerin hat dem Rektor die Sache mit den nassen Bänken erklärt. Der Rektor hat ein erstauntes Gesicht gemacht, und er hat gesagt, na schön, jeder geht an den Platz zurück, von dem er gerade kommt. Jetzt habe ich mit Otto, Roland, Chlodwig, Joachim und Franz zusammengesessen, und wir waren ganz eng zusammengedrängt. Der Rektor hat auf die Tafel gezeigt und hat gesagt:

»Wer hat denn das gemacht? Na? Wird's bald?«

Bevor Adalbert was sagen konnte, ist Georg schon aufgestanden, und er hat gesagt, er kann aber nichts dafür, und es ist nicht seine Schuld.

»Zu spät für das Heulen und Zähneklappern, mein kleiner Freund«, hat der Rektor gesagt. »Du bist schon früh auf die schiefe Ebene gelangt – die führt auf dem kürzesten Wege ins Zuchthaus. Aber ich werde dir abgewöhnen, deine Mitschüler zu beleidigen und so ungeschliffene Worte zu gebrauchen! Du schreibst fünfhundert Mal ab, was du da an die Tafel geschrieben hast – verstanden? Und ihr anderen, ihr geht heute nicht mehr zur Pause auf den Hof, auch wenn es zu regnen aufhört! Das wird euch lehren, die Disziplin zu respektieren – ihr bleibt im Klassenraum, unter der Aufsicht eurer Lehrerin!«

Der Rektor ist raus, und wir haben uns wieder hingesetzt, mit Georg und Max in unserer Bank. Wir haben gesagt, unsere Lehrerin ist wirklich prima, und sie hat uns bestimmt sehr gern, obwohl wir ihr oft Ärger machen. Nämlich, sie hat noch viel enttäuschter ausgesehen als wir alle, als sie gehört hat, daß wir nicht zur Pause runter dürfen, auf den Schulhof.

Das Fahrrad

Papa wollte mir nie ein Fahrrad kaufen. Er hat gesagt, Kinder sind zu unvorsichtig und machen Kunststücke auf dem Rad, und dann verletzen sie sich und das Fahrrad ist hinüber. Ich habe gesagt, ich bin bestimmt vorsichtig, und ich war böse mit Papa und habe geweint. Ich habe gesagt, ich geh weg von zu Hause, ganz weit weg, und da hat Papa schließlich gesagt, na ja, mal sehen, wenn du in der Rechenarbeit unter den zehn ersten bist, bekommst du dein Fahrrad.

Wie ich gestern aus der Schule gekommen bin, bin ich sehr froh gewesen, weil meine Rechenarbeit die zehntbeste war. Papa hat große Augen gemacht und hat gesagt: »Donnerwetter – also wirklich – Donnerwetter!« Und Mama hat mir einen Kuß gegeben und hat gesagt: »Jetzt kauft dir Papa auch ein Fahrrad, und es ist schön von dir, daß du eine so gute Rechenarbeit geschrieben hast.« Ich habe aber auch wirklich Glück gehabt, denn wir waren nur elf, die die Arbeit mitgeschrieben haben, die andern hatten Grippe, und der elfte, das war Chlodwig, und der ist immer der schlechteste, aber bei ihm macht es nichts, nämlich er hat schon ein Fahrrad. Wie ich heute nach Hause gekommen bin, standen Papa und Mama im Garten, und sie haben gestrahlt.

»Wir haben eine große Überraschung für unseren großen Jungen!« hat Mama gesagt. Sie hat mit den Augen gezwinkert, und Papa ist in die Garage gegangen, und ihr könnt euch nicht vorstellen, was er rausgeholt hat: ein Fahrrad! Rot und silbern, und es hat nur so geblitzt und gefunkelt, und eine Lampe ist auch dran und eine Klingel! Toll! Ich bin hingerannt und habe Mama einen Kuß gegeben und Papa einen Kuß gegeben und dem Fahrrad. »Du mußt mir aber versprechen, vorsichtig zu sein und keine Kunststücke zu machen mit dem Rad«, hat Papa gesagt. Ich habe alles versprochen, und Mama hat gesagt, ich bin ihr großer Junge, und sie macht Schokoladencreme zum Nachtisch, und sie ist in die Küche gegangen. Meine Mama und mein Papa, die sind ganz prima! Papa, der ist bei mir im Garten geblieben. »Weißt du eigentlich, daß ich mal beinah so was wie ein Landesmeister im Radrennfahren war? Wenn ich deine Mutter nicht kennengelernt hätte, wäre ich möglicherweise Profi geworden.« Das hatte ich nicht gewußt. Ich weiß schon, daß Papa ein toller Fußball- und Rugbystar gewesen ist und ein Klasse-Schwimmer, und beinah so was wie ein Provinz-Champion im Boxen, aber mit dem Fahrrad, das war mir neu. »Paß mal auf, ich denke, ich kann's noch«, hat Papa gesagt, und er hat sich auf mein Fahrrad gesetzt und hat Kurven gedreht im Garten. Das Fahrrad war natürlich viel zu klein für ihn, und er ist immer mit den Knien bis ans Kinn gekommen, aber dann ist er ganz gut damit fertig geworden.

»So ein lächerliches Schauspiel ist mir schon lange nicht geboten worden – das heißt, seit dem letzten Mal, daß ich dich ge-

troffen habe«, hat jemand über die Hecke gerufen, und das war Herr Bleder. Herr Bleder ist unser Nachbar und er macht sich gerne lustig über meinen Papa. »Halt die Luft an«, hat mein Papa gesagt, »du verstehst ja doch nichts vom Radfahren.« »Was?« hat Herr Bleder gerufen. »Ich hab als Landesmeister an den Endläufen um die Meisterschaft der Amateure teilgenommen – merk dir das, du armer Anfänger! Und ich wäre Profi geworden, wenn ich meine Frau nicht kennengelernt hätte.« Papa hat angefangen zu lachen: »Du und Landesmeister! Mach dich doch nicht lächerlich! Du kannst dich ja kaum auf einem Dreirad halten.« Das hat Herrn Bleder nun gar nicht gefallen. Er ist über die Hecke gesprungen und hat gesagt: »Du wirst schon sehen – gib mir mal das Fahrrad her«, und er hat nach der Lenkstange gegriffen. »Wer hat dich denn überhaupt gerufen«, hat Papa gesagt. »Hau ab und verzieh dich in deinen Bau, verstehst du?« »Du hast ja bloß Angst, daß ich dich vor deinem unglückseligen Kind blamiere«, hat Herr Bleder gesagt. »Ach, sei still, du gehst mir auf die Nerven«, hat Papa gesagt. Er hat Herrn Bleder das Fahrrad aus der Hand gerissen und ist wie wild durch den Garten gefahren. »Zum Piepen«, hat Herr Bleder gerufen, und Papa hat geantwortet, so was berührt ihn gar nicht.
Ich bin hinter Papa hergelaufen und habe ihn gefragt, ob ich denn jetzt auch mal auf meinem Fahrrad fahren darf, aber er hat gar nicht gehört, weil Herr Bleder wieder angefangen hat zu sticheln, und Papa ist ins Schleudern gekommen und ist durch die Begonien gefahren. »Was hast du so dämlich zu lachen?« hat Papa gefragt. »Darf ich jetzt mal?« hab ich gefragt.

»Ich lache, wenn's mir Spaß macht«, hat Herr Bleder gesagt.
»Es ist aber doch mein Fahrrad«, hab ich gerufen. »Du bist
nicht ganz bei Verstand, mein armer Freund«, hat Papa gesagt. »Ach nee?« hat Herr Bleder gefragt. »Nein, wirklich
nicht«, hat Papa geantwortet, und Herr Bleder ist auf Papa
losgegangen und hat ihn gestoßen, und Papa ist in das Bego-
nienbeet gefallen, mit meinem Fahrrad. »Mein Rad«, habe ich
geschrien. Papa ist aufgestanden und hat Herrn Bleder gestoßen, und da ist aber Herr Bleder hingefallen, und er hat gesagt: »Also nein – das ist ja wohl die Höhe.«
Als sie endlich aufgehört haben, sich zu stoßen, hat Herr Bleder gesagt: »Ich hab eine Idee: Ich fahre eine Runde nach der
Stoppuhr, einmal rund um den Block – und dann werden wir
ja sehen, wer von uns besser fährt.« »Kommt nicht in Frage«,
hat Papa gesagt, »du fährst keinen Meter mit Nicks Rad. Du
bist viel zu dick, und du machst das Fahrrad nur kaputt.«
»Feigling«, hat Herr Bleder gesagt. »Feigling? Ich?« hat Papa
gerufen. »Warte nur, ich werd dir's beweisen!« Papa hat das
Fahrrad genommen und ist auf den Bürgersteig rausgegan-

gen. Herr Bleder und ich sind mit raus. Mir hat's ja allmählich
gereicht – ich hatte noch keine Sekunde auf meinem Fahrrad
gesessen! »So, bitte«, hat Papa gesagt, »jeder macht eine
Runde um den Block, wir stellen die Zeit fest, und wer gewinnt, der ist Meister. Für mich ist das ja nur eine Formalität.
Die Partie ist jetzt schon gewonnen.« »Gut, daß du deine
Niederlage schon einsiehst«, hat Herr Bleder gesagt. »Und
ich? Was soll ich machen?« hab ich gefragt. Papa hat sich ganz
erstaunt zu mir umgedreht, ich glaube, er hatte ganz vergessen, daß ich da war. »Du?« hat Papa gefragt. »Du? Ach so,
natürlich. Du bist der Zeitnehmer, Herr Bleder gibt dir seine
Uhr.« Aber der Herr Bleder hat mir seine Uhr nicht geben
wollen, er hat gesagt, Kinder machen immer alles kaputt, und
da hat Papa gesagt, er ist ein Geizhals, und hat mir seine Uhr
gegeben – die prima Uhr mit dem großen Zeiger, der ganz
schnell rumläuft. Aber ich hätte lieber mein Fahrrad gehabt.
Papa und Herr Bleder haben Hölzchen gezogen, und Herr
Bleder war erster. Es stimmt schon, daß er sehr dick ist, und
man konnte mein Fahrrad fast nicht mehr sehen, und die

Leute auf der Straße haben sich umgedreht und haben gelacht, als er abfuhr, der Herr Bleder. Er ist nicht besonders schnell gefahren, aber dann ist er um die Ecke gebogen, und ich hab ihn nicht mehr sehen können. Als er von der anderen Seite her ankam, war er ganz rot, und er hatte die Zunge zwischen den Zähnen und fuhr ganz toll im Zickzack. »Wieviel?« hat er gefragt, als er an mir vorbei war. »Neun Minuten – und der große Zeiger steht zwischen fünf und sechs«, hab ich gesagt. Papa hat gelacht und hat gesagt: »Hoho, mein Alter, die Tour de France dauert sechs Monate, wenn du mitfährst!« »Ehe du dich zu solchen kindischen Bemerkungen hinreißen läßt«, hat Herr Bleder gesagt, und er hat kaum mehr Atem holen können, »solltest du versuchen, es besser zu machen.« Papa hat das Fahrrad genommen und ist los.

Herr Bleder hat mächtig geatmet, und er und ich, wir haben auf die Uhr gesehen und haben gewartet. Ich hätte ja gern gehabt, daß Papa gewinnt, aber die Uhr war schon über neun Minuten raus, und auf einmal waren's zehn Minuten. »Gewonnen«, hat Herr Bleder gerufen. »Ich bin Meister!«

Nach fünfzehn Minuten war Papa immer noch nicht zu sehen. »Komisch«, hat Herr Bleder gesagt, »man müßte direkt mal nachsehen, ob was passiert ist.« Aber da haben wir Papa kommen sehen. Er ist zu Fuß gegangen. Seine Hose war ganz zerrissen, und er hielt sich das Taschentuch vor die Nase, und das Fahrrad zog er hinter sich her. Das Fahrrad hatte die Lenkstange quer stehen, das Vorderrad war ganz verbogen, und die Lampe war auch kaputt. »Ich bin gegen einen Mülleimer gefahren«, hat Papa gesagt.

Am nächsten Tag in der großen Pause habe ich Chlodwig die Geschichte erzählt. Er sagte, ihm ist genau dasselbe passiert mit seinem ersten Fahrrad.

»Da kann man nichts machen«, hat er gesagt, der Chlodwig, »das ist immer dasselbe mit den Vätern. Sie machen dummes Zeug, und wenn man nicht aufpaßt, fahren sie das Rad in tausend Stücke und brechen sich noch die Gräten dabei.«

Marie-Hedwig hat Geburtstag

Heute bin ich zum Geburtstag eingeladen, bei Marie-Hedwig. Marie-Hedwig ist ein Mädchen, aber sie ist trotzdem sehr nett: Sie hat gelbe Haare und blaue Augen, und sonst ist sie ganz rosa; sie ist die Tochter von Herrn und Frau Kortschild, das sind unsere Nachbarn. Herr Kortschild ist Chef von der Schuhabteilung im Kaufhaus ›Spar-Zentrale‹, und Frau Kortschild spielt Klavier, und singen tut sie auch, aber immer dasselbe: Ein Lied mit vielen kleinen Schreien, das kann man bis bei uns zu Hause hören, jeden Abend.

Mama hat ein Geschenk für Marie-Hedwig gekauft, eine kleine Küche mit Kochtöpfen und mit einem Sieb und einer Pfanne – also, ich weiß ja nicht, ob sie sich über solche Spielsachen wirklich freut. Und dann hat Mama mir den blauen Matrosenanzug angezogen, mit dem Schlips. Sie hat mir das Haar gekämmt mit 'ner Menge Brillantine, und sie hat gesagt, ich muß sehr artig sein, wie ein richtiger kleiner Kavalier. Sie hat mich hingebracht zu dem Haus von Marie-Hedwig, gleich nebenan. Ich hab mich schon gefreut, nämlich, ich hab es gern, wenn Geburtstag ist, und Marie-Hedwig, die kann ich auch gut leiden. Natürlich, man trifft nicht auf jedem Geburtstag so nette Kameraden wie Otto, Georg, Franz, Roland, Chlodwig, Joachim und Max – das sind meine Schulkameraden –, aber Spaß gibt's immer und Kuchen auch, und wir spielen Cowboy, Räuber und Gendarm, also wirklich – astrein!

Die Mama von Marie-Hedwig hat uns die Tür aufgemacht, sie hat einen kleinen Schrei ausgestoßen, so, als wenn sie überrascht ist, daß ich auch komme, dabei hat sie doch selbst mit Mama telefoniert und mich eingeladen. Sie ist sehr freundlich zu mir gewesen, sie hat gesagt, ich bin ja ein richtiger Schatz, und dann hat sie Marie-Hedwig gerufen, damit sie das schöne Geschenk sieht, das ich mitgebracht habe. Marie-Hedwig ist gekommen, ganz toll rosa, in einem weißen Kleid, das war ganz voll kleiner Falten, wirklich, sehr nett. Ich war ja etwas verlegen, nämlich, ich war sicher, daß sie mein Geschenk nicht besonders gut finden würde, und ich habe gedacht, Frau Kortschild hat recht gehabt, wie sie zu Mama gesagt hat, ach, das war aber doch nicht nötig. Aber Marie-Hedwig hat sich die Geschenke angesehen, und sie hat sich ganz toll gefreut – komisch, die Mädchen! Dann ist Mama gegangen. Sie hat mir noch gesagt, ich soll nur ja sehr artig sein.

Ich bin reingegangen in das Haus von Marie-Hedwig, und da waren schon zwei Mädchen in Kleidern mit vielen kleinen Falten, die eine hieß Melanie und die andere Irene, und Marie-Hedwig hat mir gesagt, das sind ihre besten Freundinnen. Wir haben uns die Hand gegeben, und ich hab mich auf einen Polsterstuhl gesetzt, in der Ecke. Marie-Hedwig hat ihren besten Freundinnen die kleine Küche gezeigt, und Melanie hat

gesagt, so eine hat sie auch, aber besser; Irene hat gesagt, die
Küche von Melanie, die ist bestimmt nicht so gut wie das Por-
zellan-Service, das sie zu ihrem Geburtstag bekommen hat.
Und dann haben sie alle drei angefangen zu streiten. Aber da
hat es an der Tür geläutet, ein paarmal, und es sind ganz viele
Mädchen reingekommen, alle in Kleidern mit ganz vielen
kleinen Falten und mit ganz doofen Geschenken. Eine oder
zwei hatten sogar ihre Puppen mitgebracht. Wenn ich das
vorher gewußt hätte, hätte ich meinen Fußball von zu Hause
mitgebracht. Und dann hat Frau Kortschild gesagt:

»Schön – ich glaube, jetzt sind alle da, wir können uns zu Tisch setzen.«

Wie ich gesehen habe, ich bin der einzige Junge, wäre ich am liebsten direkt wieder nach Hause gegangen, aber ich habe mich nicht getraut. Ich habe ein ganz heißes Gesicht gehabt, als wir ins Eßzimmer gingen, und Frau Kortschild hat mich zwischen Leontine und Bertie gesetzt. Marie-Hedwig hat zu mir gesagt, die sind auch ihre besten Freundinnen.

Frau Kortschild hat uns allen bunte Papierhüte aufgesetzt, meiner ist ganz spitz gewesen wie bei einem Clown, und er ist nur auf dem Kopf sitzengeblieben, weil er ein Gummiband hatte. Die Mädchen haben mich alle angeschaut, und sie haben gelacht, und mein Gesicht ist noch viel heißer geworden, und mein Matrosenschlips, der war viel zu eng.

Sonst war es ja nicht schlecht, es gab Kakao und kleines Gebäck, dann wurde ein Kuchen reingebracht mit Kerzen drauf, und Marie-Hedwig hat sie ausgepustet, und alle haben in die Hände geklatscht. Bei mir war es komisch – ich hatte keinen großen Hunger. Wirklich komisch, sonst finde ich den Nachmittagskaffee am besten – fast so gut wie das Frühstück oder wie das Mittagessen oder das Abendbrot. Beinahe so gut wie das Butterbrot, das ich in der Pause esse.

Die Mädchen, die haben richtig reingehauen, und dabei haben sie die ganze Zeit geredet, alle auf einmal, sie haben gekichert und gelacht und haben so getan, als ob sie ihre Puppen mit Kuchen füttern.

Nachher hat Marie-Hedwig sich mitten ins Wohnzimmer gestellt, die Hände auf dem Rücken, und sie hat ein Gedicht

aufgesagt, das handelte von den kleinen Vögelein. Als sie fertig war, da haben wir alle in die Hände geklatscht, und Frau Kortschild hat gefragt, ob noch jemand was machen will, was aufsagen oder tanzen oder singen.

»Vielleicht Nick«, hat Frau Kortschild gesagt, »so ein netter kleiner Junge kann doch bestimmt ein Gedicht auswendig!« Ich, ich hab einen dicken Kloß im Hals gehabt, und ich hab nur den Kopf geschüttelt, und alle haben über mich gelacht – Kunststück, ich muß ja auch ausgesehen haben wie ein Dummer August, mit dem spitzen Hütchen. Dann hat Bertie ihre Puppe der Ophelia zum Halten gegeben, und sie hat sich ans Klavier gesetzt und was gespielt. Sie hat immer die Zungenspitze rausgestreckt dabei, aber dann wußte sie den Schluß nicht mehr, und sie hat geheult. Frau Kortschild ist aufgestanden, und sie hat gesagt, das war aber sehr, sehr hübsch, und sie hat Bertie einen Kuß gegeben und hat gesagt, wir sollen applaudieren, und wir haben applaudiert.

Danach hat Marie-Hedwig alle ihre Geschenke in der Mitte auf dem Teppich aufgebaut, und die Mädchen haben kleine Schreie ausgestoßen und gekichert und gelacht, dabei war kein einziges vernünftiges Spielzeug bei dem ganzen Kram: meine Küche, noch eine andere Küche, aber größer, eine Nähmaschine, Puppenkleider, ein kleiner Schrank und ein Bügeleisen.

»Warum spielst du nicht mit deinen kleinen Kameradinnen?« hat Frau Kortschild mich gefragt.

Ich, ich habe sie angeschaut, aber ich hab nichts gesagt. Da hat Frau Kortschild in die Hände geklatscht, und sie hat gerufen:

»Ich weiß, was wir machen: ein Tänzchen! Ich spiele Klavier,
und ihr könnt tanzen.«

Ich hab ja nicht gewollt, aber Frau Kortschild hat mich beim
Arm genommen. Ich hab Blandine und Irene die Hand geben
müssen, und wir haben uns im Kreis aufgestellt. Frau Kortschild hat ihr Stück auf dem Klavier gespielt, und wir haben
angefangen, im Kreis rumzurennen. Ich hab gedacht, wenn
meine Kameraden mich so sehn, muß ich auf 'ne andere
Schule gehn.

Aber dann hat's an der Tür geläutet, das war Mama, die wollte
mich abholen, und ich bin schon sehr froh gewesen, daß sie da
war.

»Nick ist ein richtiger Schatz«, hat Frau Kortschild zu Mama
gesagt. »Ich hab noch nie so einen braven Jungen gesehen. Er
ist vielleicht ein bißchen schüchtern, aber von allen meinen
kleinen Gästen ist er sicher der am besten erzogene!«

Mama hat ein bißchen erstaunt ausgesehen, aber zufrieden.
Zu Hause hab ich mich in einen Sessel gesetzt, ohne was zu
sagen, und als Papa gekommen ist, hat er gefragt, was ich
habe.

»Ich bin sehr stolz auf ihn«, hat Mama gesagt, »er ist zum Geburtstag eingeladen gewesen, bei der Kleinen von nebenan. Frau Kortschild hat gesagt, er hat sich am besten von allen betragen!«

Papa hat sich das Kinn gerieben, er hat mir das spitze Hütchen abgenommen und ist mir mit der Hand über den Kopf gefahren. Er hat sich die Brillantine am Taschentuch abgewischt und hat mich gefragt, ob ich mich denn gut amüsiert habe. Da habe ich angefangen zu heulen.

Papa hat gelacht, aber am Abend hat er mich mit ins Kino genommen – ein toller Film mit 'ner Menge Cowboys, die haben sich gehauen, und sie haben ganz oft mit ihren Revolvern geschossen.

Die Geheimzeichen

Ihr habt das vielleicht auch schon gemerkt: Wenn man in der Klasse mal mit einem andern was reden will, das ist verflixt schwierig, und immer wird man gestört.

Klar, mit dem Kameraden, der nebenan sitzt, kann man reden – aber selbst wenn man nur ganz leise spricht, hört die Lehrerin es sofort, und dann geht's los: »Wenn du so große Lust zum Reden hast, dann komm mal an die Tafel, wir wollen doch mal sehen, ob du dann auch noch so geschwätzig bist.« Und dann muß man die Regierungsbezirke aufsagen mit ihren Hauptstädten, und schon geht's rund. Man kann auch kleine Zettel schicken, man schreibt darauf, was man sagen will, aber das sieht die Lehrerin auch fast jedesmal, und man muß das Papier zum Pult bringen, und nachher muß man es zum Rektor tragen, und dann steht auf dem Papier: ›Roland ist doof – weitergeben!‹ oder ›Franz hat einen Hundekopf – weitergeben‹. Und der Rektor sagt dann, man wird ewig ein Dummkopf bleiben und noch im Zuchthaus enden, und man wird seinen Eltern nur Schmerz bereiten, die ihr Herzblut vergießen, damit man gut erzogen wird. Und dann kriegt man Nachsitzen.

Deshalb haben wir heute morgen in der ersten Pause gesagt, die Idee von Georg ist Klasse!

»Ich hab einen Signal-Code erfunden – der ist super!« hat Georg zu uns gesagt. »Das sind Geheimzeichen, die versteht niemand außer denen, die zu unserer Bande gehören.«

Und er hat es uns gezeigt. Für jeden Buchstaben hat er ein Zeichen gehabt. Zum Beispiel: den Finger auf die Nase gelegt, heißt A. Den Finger aufs linke Auge gelegt, ist B. Finger über dem rechten Auge: F. Es gibt verschiedene Zeichen, für jeden Buchstaben eins: Man muß sich am Ohr kratzen, am Kinn reiben oder sich auf den Kopf schlagen, bis zum Z – da muß man schielen. Klasse!

Chlodwig, der ist nicht so richtig einverstanden gewesen. Er hat zu uns gesagt, für ihn ist das ABC schon geheim genug, und ehe er noch eine neue Rechtschreibung dazulernt, um mit den anderen zu reden, da wartet er lieber bis zur Pause und sagt uns dann, was er sagen will. Adalbert, der hat von den Geheimsignalen natürlich auch nichts wissen wollen, nämlich, der ist ja Klassenbester und Liebling von unserer Lehrerin, und der hört lieber zu, was die Lehrerin sagt, und läßt sich ausfragen. Der ist ja blöd, der Adalbert!

Aber wir anderen, wir haben die Geheimzeichen sehr gut ge-

funden, und außerdem: Solche Geheimzeichen sind sehr nützlich, zum Beispiel, wenn man mit Feinden kämpfen muß, dann kann man sich untereinander Zeichen machen, und die Feinde verstehen es nicht, und wir sind die Sieger. Wir haben Georg gesagt, er muß uns seine Geheimzeichen beibringen. Wir haben uns alle um ihn herum aufgestellt, und er hat gesagt, wir sollen alles nachmachen, was er uns vormacht. Er hat den Finger an seine Nase gelegt, und wir haben auch alle unsere Finger an unsere Nasen gelegt. Er hat einen Finger vor das Auge gehalten, und wir haben auch alle einen Finger vor das Auge gehalten. Als wir beim Schielen angekommen waren, da ist Herr Flickmann zu uns rübergekommen. Herr Flickmann ist der neue Hilfslehrer, und er ist nur ein kleines bißchen älter als unsere Großen, aber nicht viel, und ich glaube, er ist das erste Mal als Hilfslehrer an einer Schule.

»Hört mal«, hat Herr Flickmann zu uns gesagt. »Ich werd nicht so verrückt sein und euch fragen, was ihr mit euren Grimassen vorhabt. Ich sag euch nur das eine: Wenn ihr nicht damit aufhört, habt ihr am Donnerstag alle bei mir Nachsitzen. Verstanden?«

Und er ist weggegangen.

»Also«, hat Georg gesagt, »habt ihr sie alle behalten, die Geheimzeichen?«

»Die Sache mit den Augen, die find ich schwer«, hat Joachim gesagt. »Einmal rechts für F und dann links für B. Ich verwechsle immer rechts und links, genau wie meine Mama, wenn sie das Auto von Papa fährt.«

»Ach was – das macht doch nichts«, hat Georg gesagt.

»Wie – das macht nichts?« hat Joachim gesagt. »Wenn ich zu dir sagen will ›du blöde Flasche‹, und ich sag statt dessen ›du flöde Blasche‹, das ist doch nicht dasselbe!«

»Zu wem sagst du ›du blöde Flasche?‹« hat Georg gefragt.

»Du blöde Flasche!«

Aber sie haben keine Zeit mehr gehabt, sich zu verhauen, weil Herr Flickmann schon geläutet hat, und die Pause war zu Ende. Die werden immer kürzer, die Pausen, seit Herr Flickmann da ist.

Wir haben uns aufgestellt, und Georg hat zu uns gesagt:

»Wenn wir in der Klasse sind, dann geb ich euch eine Botschaft durch, und in der nächsten Pause werden wir sehen, wer sie verstanden hat. Aber ich sag's euch gleich: Wer ein echtes Mitglied von unserer Bande sein will, der muß die Geheimzeichen kennen!«

»Sehr schön! Bravo!« hat Chlodwig gesagt. »Also dieser Herr hat entschieden, wenn ich seine Geheimsprache nicht kann, die sowieso zu nichts zu gebrauchen ist, dann bin ich kein Mitglied der Bande mehr. Bravo!«

Herr Flickmann hat zu Chlodwig gesagt:

»Du konjugierst mir den Satz: ›Ich darf nicht sprechen, wenn

74

wir uns zum Hineingehen aufgestellt haben, denn ich habe in der großen Pause genug Zeit gehabt, meine albernen Geschichten zu erzählen‹ – Indikativ und Konjunktiv.«

»Siehste!« hat Otto gesagt. »Wenn du in Geheimzeichen gesprochen hättest, dann hättest du keine Strafe gekriegt!« Herr Flickmann hat Otto den gleichen Satz aufgegeben. Mit Otto gibt es immer was zu lachen!

In der Klasse hat unsere Lehrerin zu uns gesagt, wir sollen die Hefte rausnehmen und die Aufgaben abschreiben, die sie an die Tafel schreibt, damit wir sie zu Hause lösen. Das hat mir schon gereicht, besonders wegen Papa, nämlich, wenn er aus dem Büro zurückkommt, dann ist er müde und hat keine Lust mehr, Rechenaufgaben zu lösen. Die Lehrerin hat immer noch mehr auf die Tafel geschrieben, aber wir haben uns alle zu Georg rumgedreht, und wir haben gewartet, daß er mit seiner Botschaft anfängt. Na, schließlich hat Georg angefangen, rumzufuchteln – ich muß sagen, es war gar nicht einfach, was davon zu verstehen, nämlich, er hat es ganz schnell gemacht, und ab und zu hat er aufgehört und weiter in sein Heft

geschrieben. Als er gemerkt hat, daß wir ihn alle anschauen, hat er wieder mit den Zeichen angefangen, und es hat unheimlich komisch ausgesehen, wenn er sich die Finger in die Ohren gesteckt hat, oder er hat sich auf den Kopf geschlagen.

Die ist ganz toll lang gewesen, die Botschaft von Georg, und das war blöd, nämlich, wir konnten die Aufgaben überhaupt nicht richtig abschreiben, wir anderen. Ist doch auch wahr – wir haben Angst gehabt, daß wir die einzelnen Buchstaben der Botschaft nicht mitkriegen, und dann verstehen wir gar nichts mehr, deshalb haben wir die ganze Zeit zu Georg rübersehen müssen, und der sitzt doch ganz hinten, an der Wand.

Dann hat Georg ein I gemacht, indem er sich auf dem Kopf gekratzt hat, und ein S – Zunge raus –, dann hat er die Augen weit aufgerissen und hat aufgehört. Wir haben uns umgedreht, und da haben wir gesehen: Die Lehrerin hat aufgehört zu schreiben, und sie hat Georg angeschaut.

»Ja, Georg«, hat die Lehrerin gesagt, »mir geht's wie deinen Kameraden – ich sehe zu, wie du deine Albernheiten treibst. Aber das hat ja wohl diesmal besonders lange gedauert, wie? Schön, du stellst dich in die Ecke, du gehst nicht zur Pause runter, und für morgen schreibst du hundertmal: Ich darf in der Klasse nicht den Clown spielen und auf diese Weise meine Kameraden ablenken und sie bei der Arbeit stören.«

Von uns hatte ja keiner die Botschaft verstanden. Nach der Schule haben wir auf Georg gewartet, und als er rauskam, da haben wir gleich gesehen, er ist ganz toll wütend.

»Was hast du denn sagen wollen, in der Klasse?« habe ich gefragt.

»Laßt mich bloß in Ruhe!« hat Georg geschrien. »Und mit den Geheimzeichen ist Schluß! Überhaupt: Ich sprech nicht mehr mit euch!«

Erst am nächsten Morgen hat Georg uns erklärt, wie die Botschaft geheißen hat, die er uns durchgegeben hat:

»Schaut mich nicht so an – sonst erwischt mich die Lehrerin.«

Schachspielen

Sonntag ist es kalt gewesen und es hat geregnet, aber mir hat das nichts ausgemacht, nämlich, ich war für den Nachmittag bei Otto eingeladen; Otto ist ein prima Kamerad, er ist sehr dick, und er ißt unheimlich gern. Wenn man mit Otto zusammen ist, das ist immer Klasse, sogar wenn wir uns streiten.

Ich bin zu Otto gegangen, und seine Mama hat mir die Türe aufgemacht, nämlich, Otto und sein Papa, die saßen schon am Tisch und haben auf mich gewartet.

»Du kommst aber spät«, hat Otto gesagt.

»Sprich nicht mit vollem Mund«, hat sein Papa gesagt, »und gib mir mal die Butter rüber!«

Es gab zwei Tassen Kakao für jeden und ein Stück Crèmetorte, Toast und Butter, Marmelade, Wurst und Käse, und zum Schluß hat Otto gefragt, ob er noch ein paar Scheiben Braten vom Mittagessen haben kann, und er möchte, daß ich den Braten probiere. Aber seine Mama hat gesagt, nein, dann haben wir ja keinen Appetit mehr aufs Abendessen, und außerdem, von dem Braten ist nichts mehr übrig. Na, ich habe sowieso keinen Hunger mehr gehabt.

Nach dem Kakao sind wir spielen gegangen, aber Ottos

Mama hat gesagt, wir müssen brav und ordentlich sein, und vor allem dürfen wir das Zimmer nicht durcheinanderbringen, denn sie hat den ganzen Morgen damit zugebracht, es aufzuräumen.

»Wir spielen mit dem Zug, mit den kleinen Autos, mit den Glaskugeln und mit dem Fußball«, hat Otto gesagt.

»Kommt überhaupt nicht in Frage!« hat die Mama von Otto gesagt. »Ich will nicht, daß dein Zimmer sofort wieder auf dem Kopf steht. Spielt mal was Ruhiges!«

»Na schön – aber was?« hat Otto gefragt.

»Ich hab eine Idee!« hat der Papa von Otto gesagt. »Ich bring euch das intelligenteste Spiel bei, das es überhaupt gibt. Geht mal voraus ins Zimmer, ich komme gleich.«

Wir sind schon in Ottos Zimmer gegangen, und das war tatsächlich unheimlich gut aufgeräumt, und Ottos Papa ist gekommen mit einem Schachspiel unter dem Arm.

»Schach?« hat Otto gesagt. »Aber das können wir doch noch nicht!«

»Stimmt«, hat Ottos Papa gesagt. »Aber ich werd's euch zeigen. Es ist ein großartiges Spiel!«

Wirklich, das stimmt auch, ein ganz unheimlich interessantes Spiel, das Schachspiel! Der Papa von Otto hat uns gezeigt, wie man die Figuren auf dem Dame-Brett aufstellen muß (Dame kann ich unheimlich gut!), er hat uns die Bauern, die Türme, die Läufer und die Pferdchen gezeigt, den König und die Königin, und er hat uns gezeigt, wie man mit den Figuren ziehen muß. Das ist gar nicht so einfach – genauso schwierig wie wenn man eine Figur des Gegners schlagen muß.

»Das ganze Spiel ist wie eine Schlacht zwischen zwei Armeen«, hat Ottos Papa gesagt, »und ihr seid die beiden Generäle!«

Ottos Papa hat in jede Hand einen Bauern genommen, hat Fäuste gemacht, und ich mußte wählen. Ich habe den weißen gezogen, und wir haben angefangen zu spielen.

Ottos Papa, der ist prima, er ist noch bei uns geblieben, damit er uns helfen kann, und wenn wir was falsch gemacht haben, dann kann er uns sagen, warum. Ottos Mama, die ist auch reingekommen, und sie hat ganz zufrieden ausgesehen, als sie gesehen hat, wir sitzen an Ottos Arbeitstisch und spielen. Dann hat Ottos Papa einen Läufer gezogen, und er hat gelacht und gesagt, ich hab verloren.

»Na schön«, hat der Papa von Otto gesagt. »Ich glaube, ihr habt das Wichtigste verstanden. Jetzt nimmt Nick die schwarzen Figuren, und ihr spielt für euch allein.«

Er ist mit Ottos Mama rausgegangen, und er hat zu ihr gesagt, man muß das nur richtig anfangen, und ob nicht vielleicht doch noch was da ist von dem Braten von heute mittag.

Das war nur blöd mit den schwarzen Figuren, die waren etwas klebrig, nämlich, Otto hat immer Marmelade an den Fingern.

»Die Schlacht beginnt!« hat Otto gerufen. »Vorwärts marsch! Bumm!«

Und er hat einen Bauern vorgesetzt. Ich, ich hab mein Pferdchen gezogen, das Pferdchen ist am schwierigsten, weil es erst gerade geht und dann schräg. Aber es ist auch besonders prima, nämlich, es kann springen.

»Ein Ritter fürchtet sich nicht vor dem Feind!« habe ich gerufen.

»Vorwärts! Marsch! Ta-ram-tam-tam!« hat Otto gerufen, und er hat eine Trommel nachgemacht und gleich mehrere Bauern auf einmal mit dem Handrücken vorgeschoben.

»He!« hab ich gerufen. »Das darfst du doch nicht!«

»Verteidige dich, wie du kannst, du Schuft!« hat Otto geschrien, nämlich, er hatte mit mir zusammen den Film gesehen, am Donnerstag bei Chlodwig im Fernsehen, da kamen massenhaft Ritter und Burgen drin vor.

Ich hab meine Bauern auch mit beiden Händen vorwärtsgestoßen, und ich habe Rat-tat-tat und bumm-bumm gemacht, wie Kanonen und Maschinengewehre. Und meine Bauern sind gegen die von Otto gestoßen, und da sind eine Menge umgefallen.

»Moment«, hat Otto gesagt, »das gilt nicht! Du machst ein Maschinengewehr – damals hat es aber noch keine Maschinengewehre gegeben! Nur Kanonen – bumm – und natürlich

Säbel und Schwerter – plaff – klirr!« Er hat gesagt, man darf sich nicht beschummeln beim Schachspiel, sonst hat die ganze Spielerei keinen Zweck.

Da hat er eigentlich recht gehabt, der Otto, und ich habe gesagt, einverstanden. Wir haben wieder weitergemacht mit dem Schachspielen. Ich habe einen Läufer vorgerückt, aber das war nicht einfach, weil die Bauern überall auf dem Dame-Brett rumlagen. Otto, der hat mit dem Daumen geschnippt wie beim Murmelspiel, und er hat meinen Läufer – petsch – gegen mein Pferdchen geschossen, und das ist umgekippt. Ich hab natürlich das gleiche mit meinem Turm gemacht, und der hat seine Königin getroffen.

»Das gilt nicht«, hat Otto gerufen. »Der Turm geht nur gerade – und du hast ihn schräg abgeschossen wie einen Läufer!«

»Sieg!« habe ich gerufen. »Wir haben sie! Vorwärts, ihr tapferen Ritter! Für König Arthur! Bumm! Bumm!«

Und ich habe mit den Fingern ganz viele Figuren nach vorn geknipst, und es war Klasse.

»Warte mal«, hat Otto gesagt. »Mit den Fingern, das ist zu einfach! Sollen wir das nicht lieber mit Glaskugeln machen? Das müssen dann die Kanonenkugeln sein – bumm! bumm!«

»Ja, gut!« habe ich gesagt. »Aber auf dem Dame-Brett ist zu wenig Platz.«

»Na, das ist doch einfach«, hat Otto gesagt. »Du stellst dich drüben in die eine Ecke und ich hier in die andere. Und man kann die Figuren in Deckung stellen, hinter die Füße vom Bett und hinter die Füße vom Stuhl und vom Tisch – das gilt!«

Otto hat seine Glaskugeln aus dem Schrank geholt. Der

Schrank war aber nicht so gut aufgeräumt wie das Zimmer, deshalb sind eine Menge Sachen rausgefallen, auf den Teppich. Ich habe einen weißen und einen schwarzen Bauern in die Hände genommen, ich habe Fäuste gemacht und ich habe gesagt, Otto muß wählen, und er hat die weißen gekriegt. Wir haben angefangen, mit den Kugeln zu knipsen, und wir haben jedes Mal – Bumm! Bumm! gemacht, aber weil wir alle Figuren gut in Deckung gestellt hatten, ist es gar nicht so einfach gewesen, eine zu treffen.

»Hör mal«, habe ich gesagt, »sollen wir nicht die Wagen von deinem Zug nehmen und die kleinen Autos als Panzer?«
Otto, der hat die Eisenbahnwagen und die Autos aus dem Schrank geholt. Wir haben die Soldaten reingesetzt, und die Panzer sind losgefahren – bromm! bromm!

»Aber wenn die Soldaten in den Panzern sind«, hat Otto gesagt, »dann kann man sie ja überhaupt nicht mehr treffen!«
»Wir können sie ja bombardieren«, habe ich gesagt.
Wir haben Glaskugeln in die Hände genommen und so getan, als wenn unsere Hände Flugzeuge sind – rararara! Und wenn wir über den Panzern waren, dann haben wir die Kugeln fallen lassen – bumm! Aber die Glaskugeln haben den Wagen und den Autos überhaupt nichts ausgemacht. Otto, der hat seinen Fußball rausgeholt, und mir hat er einen anderen Ball gegeben, rot und blau, den haben seine Eltern ihm für den Strand gekauft. Wir haben mit den Bällen nach den Panzern geworfen, das war Klasse! Aber dann hat Otto zu fest mit dem Ball geschossen, und der Ball ist gegen die Tür geknallt und zurück gegen den Arbeitstisch, und die Tintenflasche ist umgeflogen, und da ist Ottos Mama reingekommen.
Sie ist ganz schön wütend geworden, die Mama von Otto! Sie hat gesagt, Otto kann sich den Nachtisch heute abend an die Wand malen, daraus wird nichts, und zu mir hat sie gesagt, es ist schon spät, und es ist sicher besser, ich gehe zu meiner armen Mutter zurück. Wie ich rausgegangen bin, da war immer noch allerhand Geschrei bei Otto, nämlich, sein Papa hat auch noch mit ihm geschimpft.
Schade, daß wir nicht weiterspielen konnten – Schachspielen ist super! Wenn das Wetter wieder besser ist, gehen wir damit auf den leeren Bauplatz. Schach, das ist ein Spiel, das man nicht drinnen im Haus spielen sollte. – Bumm! bumm!

Der Doktor

Wie ich heute morgen auf den Schulhof gekommen bin, da ist Georg mir schon entgegengekommen, und man konnte gleich sehen, ihm sitzt was quer. Er hat mir erzählt, daß er von den Großen gehört hat, der Doktor kommt und macht Röntgenaufnahmen. Dann sind die anderen auch dazugekommen.

»Das ist doch Blödsinn!« hat Roland gerufen. »Die Großen reden immer solchen Blödsinn!«

»Was ist Blödsinn?« hat Joachim gefragt.

»Daß der Doktor heute morgen kommt, und wir werden geimpft«, hat Roland geantwortet.

»Glaubst du, das ist nicht wahr?« hat Joachim gefragt, ganz beunruhigt.

»Was ist nicht wahr?« hat Max gefragt.

»Daß der Doktor heute kommt und uns operiert«, hat Joachim gesagt.

»Das will ich nicht – ich nicht!« hat Max geschrien.

»Was willst du nicht?« hat der Franz gefragt.

»Ich will nicht, daß man mir die Blinddarmentzündung rausnimmt!« hat Max gerufen.

»Was ist das denn, eine Blinddarmentzündung?« hat Chlodwig gefragt.

»Das ist das, was sie mir rausgenommen haben, als ich noch klein war«, hat Otto gesagt. »Also – mir macht das nichts aus, wenn der Doktor kommt. Da lach ich nur!« und er hat gelacht.

Aber da hat der Hühnerbrüh – das ist unser Hilfslehrer – schon geläutet, und wir haben uns aufgestellt. Wir waren alle ganz schön durcheinander, nur Otto nicht, der hat Spaß gemacht. Na ja, und Adalbert, der hatte überhaupt nichts gehört, weil er seine Aufgaben wiederholt hatte. Wir sind rein in die Klasse, und unsere Lehrerin hat zu uns gesagt:

»Liebe Kinder, heute morgen kommt der Doktor und . . .« Aber da hat sie schon nicht mehr weitermachen können, nämlich, Adalbert, der ist sofort aufgesprungen.

»Der Doktor?« hat Adalbert geschrien. »Ich will nicht zum Doktor! Ich werde mich beschweren! Außerdem – ich kann gar nicht zum Doktor – mir ist schlecht!«

Die Lehrerin hat mit dem Lineal aufs Pult geschlagen. Adalbert hat aber weitergeheult, und die Lehrerin hat gesagt:

»Es ist wirklich kein Grund, sich aufzuregen, und schon gar nicht, sich wie ein Säugling aufzuführen! Die Ärzte kommen her und machen Röntgenaufnahmen, und das tut überhaupt nicht weh, und . . .«

»Aber«, hat Otto gesagt, »ich habe gehört, die kommen wegen der Blinddarmentzündung. Blinddarmentzündung – das macht mir nichts. Das gefällt mir gut. Aber Röntgenaufnahmen – nee! Nicht mit mir!«

»Blinddarmentzündung?« hat Adalbert geschrien, und er hat sich auf dem Boden gewälzt.

Die Lehrerin ist wütend geworden. Sie hat wieder mit dem Lineal auf das Pult geschlagen, und sie hat zu Adalbert gesagt, er soll sofort still sein, sonst schreibt sie ihm eine Fünf in Erdkunde, nämlich, das war alles in der Erdkundestunde. Sie hat gesagt, der erste, der den Mund aufmacht, der fliegt von der Schule. Da hat keiner mehr etwas gesagt, außer der Lehrerin.

»So«, hat sie gesagt. »Eine Röntgenaufnahme, das ist einfach ein Foto, auf dem man sehen kann, ob die Lunge noch in Ordnung ist. Ihr habt bestimmt schon mal vor einem Röntgenschirm gestanden, also wißt ihr schon, wie das ist. Ich will keine Geschichten – es nützt euch sowieso nichts!«

»Aber, Fräulein«, hat Chlodwig gesagt, »meine Lunge . . .«

»Laß mich mit deiner Lunge zufrieden – komm lieber an die Tafel und sag mir, was du über die Nebenflüsse der Donau weißt«, hat die Lehrerin gesagt.

Chlodwig war gerade fertig mit seiner Prüfung, und er wollte schon in die Ecke gehen, wie immer, da ist der Hühnerbrüh reingekommen.

»Ihre Klasse ist dran, Frau Kollegin«, hat der Hühnerbrüh gesagt.

»Sehr gut«, hat die Lehrerin gesagt. »Aufstehen! Aber leise. Stellt euch auf!«

»Auch die, die in der Ecke stehen?« hat Chlodwig gefragt. Die Lehrerin hat ihn nicht angucken können, nämlich, Adalbert hat schon wieder angefangen zu schreien, er geht nicht, und wenn man das vorher angekündigt hätte, dann hätte er eine Entschuldigung von seinen Eltern mitgebracht, und er könnte ja noch morgen eine bringen, und dann hat er sich mit beiden Händen an der Bank festgehalten und hat um sich getreten. Die Lehrerin hat gestöhnt, und sie ist zu ihm hingegangen.

»Hör mal genau zu, Adalbert«, hat die Lehrerin gesagt. »Ich kann dir versichern, es gibt überhaupt keinen Anlaß, sich zu fürchten. Der Doktor rührt dich nicht einmal an. Du wirst sehen, es ist sogar sehr lustig: Der Doktor kommt mit einem großen Bus, und man steigt über eine kleine Treppe in den Bus ein. Das Innere des Wagens ist so praktisch und so schön eingerichtet – so etwas hast du bestimmt noch nie gesehen. Außerdem: Wenn du jetzt brav und vernünftig bist, dann nehme ich dich nachher im Rechnen dran.«

»Bruchrechnen?« hat Adalbert gefragt.

Die Lehrerin hat gesagt, ja, in Ordnung. Adalbert, der hat die Bank losgelassen, und er hat sich mit uns aufgestellt, aber er hat die ganze Zeit so komisch gezittert und immerzu leise hu-hu-hu gemacht.

Wir sind runtergegangen in den Hof, und da sind uns die Großen entgegengekommen, die waren schon fertig und gingen wieder in ihre Klassen.

»Na – tut es weh?« hat Georg gefragt.

»Ganz toll!« hat einer von den Großen geantwortet. »Das

brennt und piekt und kratzt, und die Ärzte gehen mit großen Messern ran, und überall ist Blut!«

Die Großen haben alle gelacht, wie sie an uns vorbeigegangen sind. Adalbert, der hat sich auf die Erde geschmissen, und jetzt ist ihm richtig übel geworden, und der Hühnerbrüh hat kommen müssen. Er hat ihn auf den Arm genommen und ins Krankenzimmer getragen.

Vor dem Schultor ist ein weißer Wagen gestanden, unheimlich groß, mit einer kleinen Treppe hinten zum Einsteigen und einer anderen Treppe an der Seite, zum Aussteigen. Klasse! Der Rektor hat mit einem von den Ärzten gesprochen, der hatte einen weißen Kittel an.

»Das sind sie«, hat der Rektor gesagt. »Das ist die Klasse, von der ich Ihnen erzählt habe.«

»Ach, machen Sie sich keine Sorgen, Herr Rektor«, hat der Doktor gesagt. »Wir kennen das schon. Bei uns parieren sie immer. Es wird sich alles in Ruhe und Frieden abwickeln.« Aber da hat jemand ganz schrecklich geschrien, nämlich, der Hühnerbrüh ist gekommen und hat Adalbert am Arm hinter sich hergezogen.

»Ich glaube«, hat der Hühnerbrüh gesagt, »wir müssen mit dem hier anfangen. Der ist ein bißchen nervös.«
Einer von den Ärzten hat Adalbert am Arm genommen, aber Adalbert hat ihm eine Menge Fußtritte gegeben, und er hat geschrien, man soll ihn loslassen, und man hat ihm doch versprochen, kein Doktor rührt ihn an, und das sind alles Lügner, und er beschwert sich bei der Polizei.
Aber ein Doktor ist mit Adalbert in den Wagen rein, und wir haben ihn schreien hören. Aber dann hat eine tiefe Stimme gesagt:

»Hör auf zu wackeln! Wenn du weiter so einen Zirkus machst, nehm ich dich mit ins Krankenhaus!« Dann hat es noch ein paarmal »Hu-hu-hu« gemacht, und Adalbert ist an der Seitentür rausgekommen. Er hat ganz komisch gelächelt und ist gleich wieder in die Schule reingerannt.

»So!« hat der eine von den Ärzten gesagt, und er hat sich das Gesicht abgewischt. »Jetzt die ersten fünf – vorwärts marsch! Wie kleine Soldaten!«
Aber da hat sich keiner gerührt, und der Doktor hat mit dem Finger auf die ersten gezeigt.

»Du – du – du, du und du!« hat der Doktor gesagt.

»Warum denn wir und der da nicht«, hat Georg gefragt, und er hat auf Otto gezeigt.

»Genau!« haben wir anderen gerufen – das waren Roland, Chlodwig, Max und ich.

»Der Doktor hat gesagt, du, du, du, du und du«, hat Otto gesagt. »Er hat nicht gesagt, ich. Also mußt du gehen – und du – und du und du und du! Ich nicht!«

»Ach nee? Wenn du nicht gehst, dann geht der nicht und der nicht und der nicht und der nicht, und ich geh auch nicht!« hat Georg gesagt.

»Ist jetzt bald Schluß?« hat der Doktor geschrien. »Los, ihr fünf, rein mit euch! Und 'n bißchen plötzlich!«

Na ja, da sind wir eingestiegen. Drinnen im Wagen war es Klasse, ein Doktor, der hat unsere Namen aufgeschrieben.

Wir mußten das Hemd ausziehen, und dann mußten wir uns aufstellen, einer hinter dem anderen, und zu einer Glasscheibe hingehen, und danach haben sie zu uns gesagt, das war's, und wir sollen unser Hemd wieder anziehen.

»Astrein, der Wagen!« hat Roland gerufen.

»Hast du den kleinen Tisch gesehen?« hat Chlodwig gesagt.

»Das müßte prima sein, mit so einem Wagen auf die Reise zu gehn!« habe ich gesagt.

»Was macht man denn mit dem Ding hier?« hat Max gefragt.

»Laß die Finger davon«, hat der Doktor gerufen. »Aussteigen! Wir sind in Eile. Los, raus! Nein, nicht hinten! Da drüben! Hier!«

Aber Georg, Chlodwig und Max waren schon hinten ausgestiegen, und das hat ein ganz schönes Durcheinander gegeben – mit den Kameraden, die einsteigen wollten. Der Doktor an der hinteren Tür hat Roland angehalten. Der war schon einmal durch und wollte hinten wieder einsteigen, und der Doktor hat ihn gefragt, ob er nicht schon vor dem Röntgenschirm gewesen ist.

»Nee«, hat Otto gesagt. »Das war ich. Ich bin schon durchgelaufen.«

»Wie heißt du?« hat der Doktor gefragt.

»Roland«, hat Otto gesagt.

»Na, das tut mir aber weh!« hat Roland dazwischengerufen.

»Ihr da vorne! Nicht durch die Vordertür einsteigen!« hat ein Doktor gerufen.

Die Ärzte haben weitergearbeitet mit unseren Kameraden, und die sind eingestiegen und ausgestiegen und so weiter, nur

Otto, der hat die ganze Zeit erklärt, bei ihm lohnt es sich nicht, nämlich, er hat keine Blinddarmentzündung mehr. Der Chauffeur von dem Wagen hat sich rausgebeugt, und er hat gefragt, ob er nun bald weiterfahren kann, nämlich, er ist schon viel zu spät dran.

»Fahr los!« hat ein Doktor drinnen im Wagen gerufen. »Es sind alle durch – außer einem, der heißt Otto – aber der scheint heute zu fehlen!«

Der Wagen ist losgefahren, und der Doktor, mit dem Otto sich unterhielt, der hat sich umgedreht, und er hat geschrien: »He, wartet! Wartet!« Aber die anderen im Wagen haben ihn nicht gehört, und das kam vielleicht daher, daß wir soviel Krach gemacht haben.

Er ist ganz schön wütend gewesen, der Doktor, aber trotzdem, es war gerecht: ein Doktor aus dem Wagen ist bei uns geblieben, aber dafür hatten sie einen von unseren Kameraden mitgenommen: Georg! Der war einfach nicht ausgestiegen.

Die rosa Vase im Wohnzimmer

Ich bin aus der Schule nach Hause gekommen und habe ein bißchen mit dem Ball gespielt, auf einmal – peng! – war die rosa Vase im Wohnzimmer kaputt. Mama ist gekommen, um nachzusehen, was passiert ist, und ich habe angefangen zu weinen.

»Nicki«, hat Mama zu mir gesagt. »Du weißt, daß du im Haus nicht mit dem Ball spielen darfst. Schau dir an, was du wieder angerichtet hast mit deinem Ungehorsam! Die schöne rosa Vase! Du weißt, es war Papas Lieblingsvase. Wenn Papa nach Haus kommt, wirst du hingehen und ihm alles erzählen, und Papa wird dich bestrafen. Das wird dir hoffentlich endlich mal eine Lehre sein.«

Mama hat die Scherben vom Teppich aufgelesen und ist in die Küche gegangen. Ich habe noch ein bißchen geheult, nämlich, mit Papa, wenn er das von der Vase hört, das gibt noch Ärger. Papa ist vom Büro nach Hause gekommen. Er hat sich im Wohnzimmer in seinen Sessel gesetzt und hat in der Zeitung gelesen. Mama hat mich gerufen, und ich bin zu ihr hinein in die Küche, und sie hat zu mir gesagt: »Na? Hast du Papa schon gesagt, was du getan hast?«

»Ich möchte es aber lieber nicht sagen«, habe ich gesagt, und
ich habe ziemlich toll geweint.

»Jetzt ist aber Schluß, Nick«, hat Mama gesagt. »Du weißt,
daß ich so etwas nicht vertragen kann. Man muß Mut haben
im Leben, und wenn man was angestellt hat, muß man auch
dafür geradestehen! Du bist doch kein kleiner Junge mehr –
nun geh ins Wohnzimmer zu Papa und erzähl ihm alles.«
Ich weiß schon, jedesmal wenn sie zu mir sagen, ich bin kein
kleiner Junge mehr, dann steckt irgendwas Unangenehmes
dahinter, nee wirklich. Aber Mama hat ein Gesicht gemacht,
daß man gleich weiß, sie macht keinen Spaß, und da bin ich
ins Wohnzimmer.

»Papa«, habe ich gesagt. »Hmm?« hat Papa gemacht, aber er
hat weiter in der Zeitung gelesen.

»Ich hab die rosa Vase kaputtgemacht«, habe ich ganz schnell
gesagt, und ich habe einen dicken Kloß im Hals gehabt.

»Hmm?« hat Papa gesagt. »Schön, mein Kleiner. Und nun
geh spielen.«

96

Ich bin wieder in die Küche, und ich war ganz toll froh, und Mama hat gefragt: »Hast du mit Papa gesprochen?«

»Ja, Mama«, habe ich gesagt.

»Und? Was hat er gesagt?«

»Er hat gesagt: ›Schön, mein Kleiner, und nun geh spielen.‹« Das hat aber Mama nicht gefallen, glaube ich. Nämlich, sie hat gesagt: »Das ist ja allerhand«, und ist ins Wohnzimmer gegangen.

»Das ist ja wohl die Höhe«, hat Mama gesagt, »nennst du das Erziehung?«

Papa hat von seiner Zeitung aufgeschaut, und er hat ein erstauntes Gesicht gemacht. »Was meinst du?« hat er gefragt.

»Ich bitte dich – nun spiel nicht auch noch den Unschuldigen«, hat Mama gesagt. »Du liest in aller Gemütsruhe deine Zeitung, und ich kann mich allein um die Erziehung des Kindes kümmern!«

»Allerdings!« hat Papa gesagt. »Wenn ich aus dem Dienst komme, lese ich gern in Ruhe die Zeitung. Aber das scheint in diesem Hause ja nicht möglich zu sein!«

»Natürlich – der Herr liebt seine Bequemlichkeit, die Hausschuhe, die Zeitung – und auf mir bleibt die ganze Schmutzarbeit liegen«, hat Mama geschrien. »Und später machst du mir womöglich noch Vorwürfe, wenn dein Sohn ein Taugenichts wird!«

»Aber zum Kuckuck – was soll ich denn machen?« hat Papa geschrien. »Soll ich mich vielleicht jedesmal auf den Jungen stürzen, wenn er nur zur Tür hereinkommt?«

»Du kümmerst dich um nichts, um gar nichts!« hat Mama gerufen. »Deine Familie interessiert dich überhaupt nicht, kein bißchen interessiert dich deine Familie!«

»Jetzt reicht's mir aber!« hat Papa geschrien. »Da schuftet man sich ab wie ein Galeerensklave, da erträgt man die Launen seines Chefs und versagt sich alle Vergnügungen, damit die Familie keine finanziellen Sorgen hat . . .«

»Ich habe dir schon oft gesagt, du sollst nicht von Geld sprechen, wenn das Kind dabeisteht«, hat Mama gesagt.

»Ich werde noch verrückt in diesem Haus«, hat Papa geschrien. »Aber das wird anders – das kann ich dir sagen!«

»Meine Mutter hat mir's ja gleich gesagt«, hat Mama gerufen, »hätte ich nur auf meine Mutter gehört!«

»Natürlich – deine Mutter! Darauf habe ich gerade noch gewartet! Es gibt ja wohl keine Diskussion, in der nicht sofort deine Mutter zitiert wird«, hat Papa gesagt.

»Laß meine Mutter in Ruhe«, hat Mama geschrien, »ich verbiete dir, von meiner Mutter zu sprechen!«

»Habe ich etwa von deiner Mutter angefangen?« hat Papa gesagt. »Du hast doch selbst gesagt . . .« Und da hat es geklingelt. Das war Herr Bleder, unser Nachbar.

»Ich wollte mal reinschauen, ob du Lust hast, 'ne Partie Dame zu spielen«, hat er zu Papa gesagt.

»Sie kommen gerade recht, Herr Bleder«, hat Mama gesagt. »Sie können die Sache beurteilen. Meinen Sie nicht auch, daß ein Vater die Pflicht hat, über der Erziehung seines Sohnes zu wachen?«

»Was versteht der denn schon groß davon«, hat Papa gesagt. »Er hat ja gar keine Kinder.«

»Das ist kein Grund«, hat Mama gesagt. »Ein Zahnarzt hat niemals Zahnschmerzen und kann trotzdem ein guter Zahnarzt sein!«

»Woher hast du denn die Geschichte mit den Zahnärzten, die niemals Zahnschmerzen haben?« hat Papa gefragt. »Daß ich nicht lache!« Und er hat gelacht.

»Sehen Sie – sehen Sie, Herr Bleder? Er macht sich lustig über mich!« hat Mama gerufen. »Anstatt sich mit der Erziehung seines Sohnes zu befassen, spielt er den Superklugen. Was halten Sie davon, Herr Bleder?«

»Mit dem Damespielen«, hat Herr Bleder gesagt, »das wird ja wohl nichts. Ich geh wieder rüber.«

»Aber nein«, hat Mama gesagt, »Sie haben versprochen, uns Ihre Ansicht zu sagen – nun müssen Sie auch bleiben, bis der Fall geklärt ist.«

»Ach wo«, hat Papa gesagt, »soll er doch hingehen, wo er hergekommen ist. Was hat er hier überhaupt zu suchen?«

»Nun – nun«, hat Herr Bleder gesagt.

»Ach – diese Männer sind doch alle gleich«, hat Mama geseufzt. »Das hängt wie Pech und Schwefel zusammen. Nein, wirklich, Sie sollten doch lieber nach Hause gehen, anstatt Ihre Nase in die Privatangelegenheiten Ihrer Nachbarn zu stecken.«

»Na schön«, hat Herr Bleder gesagt. »Dann spielen wir eben ein andermal. Wiedersehn, Nicki.«

Und dann ist er gegangen.

Ich hab's ja gar nicht gerne, wenn Papa und Mama sich streiten. Aber wenn sie sich wieder vertragen, das ist prima. Und

dieses Mal hat es gar nicht lange gedauert, Mama hat angefangen zu weinen, und Papa hat ganz verlegen ausgesehen, und dann hat er gesagt: »Nun beruhige dich doch«, und er hat Mama in den Arm genommen und hat gesagt, er ist ein Grobian gewesen, und Mama hat gesagt, nein, sie hat unrecht gehabt, und Papa hat gesagt, nein, er hat unrecht gehabt, und dann haben sie gelacht und haben sich einen Kuß gegeben, und mir haben sie auch einen Kuß gegeben, jeder. Und sie haben gesagt, das war alles nur Spaß, und Mama hat gesagt, sie geht jetzt in die Küche, und zum Abendbrot gibt es Bratkartoffeln.

Das Abendessen ist prima gewesen, wir waren alle ganz komisch fröhlich, und Papa hat gesagt:

»Weißt du, Liebling, ich glaube, wir haben unserem guten Bleder doch Unrecht getan. Ich werd ihn anrufen und ihn fra-

gen, ob er noch auf eine Tasse Kaffee rüberkommt, zum Damespielen.«

Herr Bleder ist auch gekommen, aber er war ein bißchen miß-
trauisch. »Fangt ihr auch nicht wieder an, euch zu streiten?«
hat er gefragt, und Papa und Mama haben gesagt: »Nein –
nein«, und sie haben gelacht. Sie haben ihn untergehakt und
sind mit ihm ins Wohnzimmer. Papa hat das Spiel aufgebaut
auf dem kleinen Tisch, Mama hat den Kaffee gebracht und für
mich eine Limonade.

Und auf einmal hat Papa sich ganz erstaunt umgeschaut und
hat gefragt: »Nanu? Wo ist denn eigentlich die rosa Vase?«

Die neue Buchhandlung

Ganz in der Nähe von unserer Schule ist eine Buchhandlung eröffnet worden, da, wo früher die Wäscherei war, und als die Schule aus war, sind wir alle zusammen hin, meine Kameraden und ich.

Das Schaufenster von der Buchhandlung ist sehr schön, eine Masse Illustrierte und andere Zeitungen und Bücher und Kugelschreiber. Wir sind reingegangen in den Laden, und der Herr von der Buchhandlung hat uns gesehen, er hat freundlich gelächelt und hat gesagt:

»Sieh mal einer an – da kommen ja Kunden! Seid ihr von der Schule da drüben? Wir werden sicher gute Freunde werden. Ich heiße Aschenbrenner!«

»Und ich Nick«, habe ich gesagt.

»Und ich Roland«, hat Roland gesagt.

»Und ich Georg«, hat Georg gesagt.

»Haben Sie die Zeitschrift ›Sozioökonomische Probleme der westlichen Welt‹?« hat ein Herr gefragt, der inzwischen reingekommen war.

»Und ich Max«, hat Max gesagt.

»Ja – äh – gewiß, mein Kleiner«, hat Herr Aschenbrenner gesagt. »Sofort zu Ihren Diensten, mein Herr!« und er hat ange-

fangen, einen Riesenstoß Zeitschriften durchzusehen, und Otto hat ihn gefragt:

»Die Schulhefte, wie teuer sind die denn bei Ihnen?«

»Hm? Was?« hat Herr Aschenbrenner gesagt. »Ach so – die da? Fünfzig Pfennig, mein Kleiner.«

»In der Schule können wir die aber für dreißig kaufen«, hat Otto gesagt.

Der Herr Aschenbrenner hat aufgehört, nach der Zeitschrift für den Herrn zu suchen, er hat sich umgedreht und hat gesagt:

»Was – dreißig Pfennig? Für ein Heft mit Kästchen, hundert Seiten?«

»Ach nee!« hat Otto gesagt. »Die in der Schule haben nur fünfzig Seiten. Kann ich mal eins sehen, so ein Heft?«

»Ja«, hat Herr Aschenbrenner gesagt. »Aber wisch dir vorher die Hände ab, die sind ja ganz voll Butter von deinem Frühstücksbrot.«

»Was ist denn nun – haben Sie die Zeitschrift ›Sozioökonomische Probleme der westlichen Welt‹, oder haben Sie sie nicht?« hat der Herr gefragt.

»Aber gewiß, mein Herr, gewiß – ich suche sie Ihnen sofort heraus!« hat der Herr Aschenbrenner gesagt. »Ich bin noch beim Einrichten, es ist noch nicht alles richtig organisiert. – Was machst du da – du?«

Otto, der war hinter den Ladentisch gegangen, und er hat gesagt:

»Sie waren ja so beschäftigt, da wollte ich mir das Heft schon selbst holen. Das mit den hundert Seiten, von dem Sie gesprochen haben.«

»Nicht! Laß die Finger davon! Du wirfst ja alles um!« hat Herr Aschenbrenner gerufen. »Ich hab die ganze Nacht gebraucht, um das alles aufzustellen – so, hier ist es, dein Heft. Und nun mach keine Fettflecke drauf, mit deinem Hörnchen!«

Und dann hat der Herr Aschenbrenner eine Zeitschrift genommen, und er hat gesagt:

»So – und hier sind auch die ›Sozioökonomischen Probleme der westlichen Welt‹!« Aber der Herr, der danach gefragt hatte, der war schon weggegangen. Der Herr Aschenbrenner hat geseufzt, und er hat die Zeitschrift wieder an ihren Platz gelegt.

»Hier!« hat Roland gerufen, und er hat mit dem Finger auf eine Illustrierte gezeigt. »Das ist die Illustrierte, die meine Mama jede Woche liest!«

»Ausgezeichnet«, hat der Herr Aschenbrenner gesagt. »Siehst du, jetzt kann deine Mutter sie ja hier bei mir kaufen, ihre Illustrierte.«

»Ja, nee!« hat Roland gesagt. »Meine Mama, die kauft sie überhaupt nicht, die Illustrierte. Frau Blomkasten von nebenan, die gibt meiner Mama immer die Illustrierte, wenn sie sie ausgelesen hat. Und Frau Blomkasten, die kauft sie auch nicht, die Illustrierte, die kriegt sie immer mit der Post, jede Woche.«

Herr Aschenbrenner hat Roland angeschaut, und er hat nichts gesagt. Da hat Georg mich am Arm gezogen, und er hat zu mir gesagt:

»Komm mal mit, ich zeig dir was.« Ich bin mitgegangen, und da waren an der Wand 'ne Menge Comic-Hefte – astrein! Wir haben uns die Bilder auf dem Umschlag angeschaut, und dann haben wir die Umschläge umgeblättert, um zu sehen, wie es drinnen weitergeht, aber das ging nicht, wegen der Klammern, die hielten die Hefte zusammen. Wir haben uns nicht getraut, die Klammern abzumachen, denn das hätte dem Herrn Aschenbrenner vielleicht nicht gefallen, und wir wollten ihn ja nicht ärgern.

»Das da«, hat Georg gesagt, »das hab ich! Das ist 'ne Geschichte mit Fliegern – bramm, bramm! Einer davon ist ganz toll tapfer, aber jedesmal versuchen ein paar von den anderen Typen, was an seinem Flugzeug zu machen, damit er abstürzt, aber wenn das Flugzeug nachher wirklich abstürzt, ist der Flieger gar nicht drin, sondern ein Kamerad von ihm, und die anderen Kameraden glauben alle, der Flieger hat selbst was an seinem Flugzeug gemacht, damit es abstürzt, und er wird den Kameraden los – aber das stimmt gar nicht, und der Flieger, der entdeckt nachher, wer die richtigen Banditen sind. Hast du das nicht gelesen?«

»Nein«, habe ich gesagt. »Ich, ich habe die Geschichte mit dem Cowboy gelesen, in der verlassenen Silbermine, weißt du? Er kommt an, und da sind schon ein paar maskierte Typen da und fangen an, auf ihn zu schießen – bang-bang! bang! bang!«

»Was ist denn da los?« hat Herr Aschenbrenner gerufen, nämlich, der war gerade dabei, Chlodwig zu sagen, er soll keinen Quatsch machen mit dem Drehding, wo man die Bücher reinstellt, damit die Erwachsenen sie rausnehmen und kaufen.

»Ich hab ihm eine Geschichte erzählt, die ich gelesen habe«, habe ich zu Herrn Aschenbrenner gesagt.

»Haben Sie die denn nicht?« hat Georg gefragt.

»Was für eine Geschichte?« hat Herr Aschenbrenner gefragt, und er ist sich mit den Fingern durch die Haare gefahren.

»Also, die ist von einem Cowboy«, habe ich gesagt, »der in einer verlassenen Silbermine ankommt, und in der Mine wird er schon von ein paar Typen erwartet, und . . .«

»Die hab ich gelesen«, hat der Franz geschrien. »Die Typen fangen an, auf ihn zu schießen: bang! bang!«

». . . bang! Und der Sheriff, der sagt: ›Hallo, Fremder!‹« habe ich erzählt. »›Wir wollen hier keine Leute haben, die ihre Nasen in anderer Leute Sachen stecken . . .‹«

»Ja, und«, hat der Franz gesagt, »und der Cowboy, der zieht seinen Revolver und: bang! bang! bang!«

»Jetzt reicht's!« hat Herr Aschenbrenner gesagt.

»Ich find ja meine Geschichte besser, die mit dem Flieger«, hat Georg gesagt. »Bramm! Bramm!«

»Du mit deiner Fliegergeschichte, da muß ich ja lachen!« habe ich gesagt. »Meine Cowboy-Geschichte, die ist super! Und deine Fliegergeschichte, die ist doof!«

»Ach nee?« hat Georg gesagt. »Also: Deine Cowboy-Geschichte, die ist das Allerdoofste!«

»Willst du vielleicht eins auf die Nase haben?« hat der Franz gesagt.

»Kinder! Kinder!« hat Herr Aschenbrenner gerufen.

Aber da hat es einen ganz komischen Krach gegeben, und das Drehding mit den Büchern ist umgekippt.

»Ich hab es nur ein bißchen angefaßt«, hat Chlodwig gerufen, und er ist ganz rot geworden.

Herr Aschenbrenner, der hat ziemlich böse ausgesehen, und er hat gesagt:

»So – das genügt. Jetzt wird nichts mehr angefaßt! Wollt ihr irgendwas kaufen, ja oder nein?«

». . . neunundneunzig . . . hundert!« hat Otto gesagt. »Tatsächlich, das hat hundert Seiten, Ihr Schulheft. Ich dachte,

Sie hätten Spaß gemacht. Das ist ja dufte! Das möchte ich kaufen!«

Herr Aschenbrenner hat Otto das Heft aus der Hand genommen – das war einfach, nämlich, Otto hat immer ganz glitschige Hände. Er hat hineingesehen in das Heft, und er hat gesagt:

»Du Unglückswurm! Jetzt hast du alle Seiten mit deinen fettigen Fingern angefaßt! Na ja, dein Schaden. Macht fünfzig Pfennig.«

»Ja«, hat Otto gesagt. »Aber ich hab kein Geld mit. Nachher, zu Hause, da frag ich Papa, ob er mir das Geld gibt. Aber seien Sie nicht zu sicher – ich hab gestern Quatsch gemacht, und Papa hat gesagt, er muß mich bestrafen.«

Weil es schon spät war, sind wir alle rausgegangen, und wir haben gerufen:

»Auf Wiedersehen, Herr Aschenbrenner!«

Der Herr Aschenbrenner hat nicht geantwortet. Er hat das Heft angeschaut, das Otto vielleicht kaufen will.

Ich finde, die ist Superklasse, die neue Buchhandlung, und ich weiß schon, wir werden jetzt sicher immer wie alte Bekannte empfangen. Mama sagt auch: Du mußt freundlich sein mit den Kaufleuten – dann erkennen sie dich wieder und bedienen dich besonders zuvorkommend.

Roland ist krank

Wir waren in der Klasse, und wir mußten eine Rechenauf-
gabe lösen, sehr schwierig, mit einem Bauern, der ganz viele
Eier und Äpfel verkauft – so ähnlich und Roland hat aufgezeigt.
»Ja, Roland?« hat die Lehrerin gesagt.
»Kann ich rausgehen, Fräulein?« hat Roland gefragt. »Ich bin
krank.«
Die Lehrerin hat zu Roland gesagt, er soll zu ihr ans Pult
kommen. Sie hat ihn angeschaut, hat ihm die Hand auf die
Stirn gelegt, und dann hat sie zu ihm gesagt:
»Du siehst tatsächlich nicht besonders gut aus. Du kannst
hinausgehen – geh ins Krankenzimmer und sag Bescheid, sie
sollen sich um dich kümmern.«
Roland ist ganz zufrieden abgezogen, ohne seine Rechenauf-
gabe fertig zu machen. Da hat Chlodwig auch aufgezeigt,
aber die Lehrerin hat gesagt, er muß den Satz konjugieren: Ich
darf nicht so tun, als ob ich krank wäre, um damit eine Entschuldigung zu erreichen, die es mir ermöglicht, meine Re-
chenaufgabe nicht zu machen.
In allen Zeiten, mit Konjunktiv.

In der Pause draußen auf dem Hof haben wir Roland gesehen, und wir sind alle zu ihm hingelaufen.

»Na, bist du ins Krankenzimmer gegangen?« habe ich gefragt.

»Nein«, hat Roland geantwortet. »Ich hab mich versteckt, bis zur Pause.«

»Und warum bist du nicht ins Krankenzimmer gegangen?«

»Ich bin doch nicht verrückt!« hat Roland gesagt. »Das letzte Mal, als ich da war, haben sie mir Jod aufs Knie getan – das hat ganz schön gezwickt!«

Da hat Georg den Roland gefragt, ob er denn überhaupt richtig krank ist, und Roland hat gefragt, ob er vielleicht eine Ohrfeige will, und das hat Chlodwig zum Lachen gebracht, und was die anderen gesagt haben, das weiß ich nicht mehr, und ich weiß auch nicht, wie es gekommen ist, jedenfalls hat es nicht lange gedauert, da haben wir uns alle verhauen, nur Roland hat in der Mitte gesessen und zugeschaut, und er hat gerufen:

»Los – ran! Los – ran!«

Adalbert und Otto haben sich natürlich nicht gehauen, wie immer. Adalbert, weil er seine Schulaufgaben wiederholt hat, und weil er eine Brille trägt und man darf ihm keins reinhauen, na und Otto, weil er noch zwei Butterbrote aufessen mußte bis zum Ende der Pause.

Da ist Herr Flickmann angerannt gekommen. Herr Flickmann ist unser neuer Hilfslehrer, er ist noch nicht sehr alt, und er hilft dem Hühnerbrüh, das ist unser richtiger Hilfslehrer, der uns beaufsichtigen muß. Nämlich, das ist wirklich wahr: Wer uns in der Pause beaufsichtigen muß, der hat ganz schön zu tun, auch wenn wir brav sind.

»Also«, hat der Flickmann gesagt, »was gibt's denn jetzt schon wieder, ihr Rasselbande? Ich werd euch eine Stunde Nachsitzen verpassen!«

»Aber mir nicht«, hat Roland gesagt. »Ich bin krank.«

»Jajaja!« hat Georg gesagt.

»Du willst wohl 'ne Backpfeife?« hat Roland gefragt.

»Ruhe!« hat Herr Flickmann gerufen. »Ruhe – sonst seid ihr gleich alle krank, das sag ich euch!«

Da hat keiner mehr was gesagt, und Herr Flickmann hat Roland gerufen, er soll mal herkommen.

»Was hast du denn?« hat Herr Flickmann gefragt.

Roland hat gesagt, er fühlt sich nicht gut.

»Hast du deinen Eltern nichts davon gesagt?« hat Herr Flickmann gesagt.

»Doch!« hat Roland gesagt. »Ich hab's Mama gesagt, heute morgen.«

»Und?« hat Herr Flickmann gesagt. »Warum hat sie dich dann in die Schule gehen lassen, deine Mama?«

»Na ja«, hat Roland erklärt, »ich sag meiner Mama jeden Morgen, daß ich mich nicht gut fühle. Kunststück, jetzt will sie natürlich nichts mehr davon hören. Aber diesmal war es echt, nee wirklich, ohne Quatsch.«

Herr Flickmann hat Roland angeschaut. Er hat sich den Kopf gekratzt, und er hat gesagt, da muß Roland eben ins Krankenzimmer gehen.

»Nein!« hat Roland geschrien.

»Was denn – nein?« hat Herr Flickmann gesagt. »Wenn du krank bist, dann gehst du ins Krankenzimmer. Wenn ich dir was sage, dann gehorchst du gefälligst!«

Der Flickmann hat Roland beim Arm genommen, aber Roland hat angefangen zu brüllen: »Nein! Nein! Ich geh nicht! Ich geh nicht!« Und er hat sich auf der Erde rumgewälzt und hat geheult.

»Sie dürfen ihn nicht schlagen«, hat Otto gesagt, nämlich, der war gerade fertig mit seinen Butterbroten. »Sehen Sie nicht, daß er krank ist?«

Herr Flickmann hat Otto mit großen Augen angeschaut.

»Aber ich hab ihn doch gar nicht ...«, hat er angefangen, und dann ist er ganz rot geworden, und er hat Otto angeschrien, er soll sich um seine eigenen Angelegenheiten kümmern, und er hat ihm eine Stunde Nachsitzen gegeben.

»Das ist ja wohl die Höhe!« hat Otto geschrien. »Also ich krieg 'ne Stunde Nachsitzen, bloß, weil der Doofmann hier krank ist?«

»Willst du 'ne Backpfeife?« hat Roland gerufen, und er hat aufgehört zu heulen.

»Au ja!« hat Georg gerufen.

Und wir haben alle durcheinandergeschrien und uns gestritten. Roland hat sich hingesetzt, und er hat uns zugeschaut. Und da ist der Hühnerbrüh zu uns rübergekommen, im Laufschritt.

»Was ist denn, Herr Flickmann?« hat der Hühnerbrüh gesagt. »Haben Sie Schwierigkeiten?«

»Es ist wegen Roland, der ist nämlich krank«, hat der Franz gesagt.

»Du warst nicht gefragt!« hat der Hühnerbrüh gesagt. »Herr Flickmann, bestrafen Sie diesen Schüler, bitte!«

Und Herr Flickmann hat Franz eine Stunde Nachsitzen gegeben, und das hat Otto sehr gefallen, nämlich, Nachsitzen ist viel lustiger, wenn man zu mehreren ist.

Herr Flickmann hat dem Hühnerbrüh erklärt, daß Roland nicht ins Krankenzimmer gehen will und daß Otto sich erlaubt hat, ihm zu sagen, er dürfe Roland nicht schlagen, und er hätte Roland doch überhaupt nicht geschlagen, und diese ganze Bande sei unerträglich, unerträglich, unerträglich! Er hat das dreimal hintereinander gesagt, der Herr Flickmann, und beim drittenmal ist seine Stimme fast so hoch gewesen wie die von Mama, wenn sie sehr böse auf mich ist.

Der Hühnerbrüh hat sich über das Kinn gestrichen, dann hat er Herrn Flickmann am Arm genommen und ist mit ihm ein bißchen abseits gegangen. Er hat ihm die Hand auf die Schulter gelegt und hat ganz lange und leise mit ihm gesprochen. Danach ist der Hühnerbrüh mit Herrn Flickmann wieder zu uns zurückgekommen.

»Sie werden sehen, mein Lieber!« hat der Hühnerbrüh gesagt, und er hat ganz breit gelächelt.

Dann hat er Roland mit dem Finger rangewinkt.

»Du wirst mir den Gefallen tun und mit mir zum Krankenzimmer gehen, und zwar ohne Theater – klar?«

»Nein!« hat Roland geschrien, und er hat sich auf die Erde geworfen und geheult und gebrüllt:

»Niemals! Niemals!«

»Hat keinen Zweck, ihn zu zwingen«, hat Joachim gesagt. Aber da war was los. Der Hühnerbrüh ist krebsrot geworden, er hat Joachim eine Stunde Nachsitzen gegeben, und Max auch, weil er gelacht hat. Mich hat bloß eins gewundert, nämlich, jetzt ist es der Herr Flickmann gewesen, der ganz breit gelächelt hat.

Und dann hat der Hühnerbrüh zu Roland gesagt:

»Zum Krankenzimmer. Sofort. Keine Widerrede!«

Roland hat gesehen, es hat keinen Zweck mehr, Theater zu machen, und er hat gesagt, na schön, einverstanden, er geht ja schon, aber nur unter der Bedingung, daß ihm keiner Jod aufs Knie tut.

»Jod?« hat Herr Hühnerbrüh gefragt. »Niemand gibt dir Jod. Aber wenn du wieder gesund bist, dann kommst du mal zu mir – wir haben noch ein Hühnchen miteinander zu rupfen! Und jetzt gehst du mit Herrn Flickmann zum Krankenzimmer.«

Wir sind alle mit rübergegangen zum Krankenzimmer, und der Hühnerbrüh hat gerufen:

»Doch nicht alle! Nur Roland! Das Krankenzimmer ist doch keine Pausenhalle! Und außerdem – vielleicht hat euer Kamerad was Ansteckendes!«

Da haben wir natürlich alle lachen müssen, außer Adalbert, aber der hat ja immer Angst, daß er von den anderen angesteckt wird.

Nachher hat der Hühnerbrüh die Glocke geläutet. Wir sind rein in die Klasse, und der Flickmann hat Roland nach Hause gebracht. Der hat ein Glück, der Roland – in der Grammatik-Stunde!

Und mit der Krankheit, das ist gar nicht so schlimm.

Die haben nur die Masern, Roland und Herr Flickmann.

Ganz ohne Umstände

Herr Maßbaum kommt heute zu uns zum Abendessen. Herr Maßbaum ist der Chef von Papa, und er kommt mit Frau Maßbaum, das ist die Frau von dem Chef von Papa. Bei uns zu Hause ist schon seit ein paar Tagen von diesem Abendessen geredet worden, und heute morgen waren Papa und Mama sehr nervös. Mama hat unheimlich viel zu tun gehabt, und Papa hat sie sogar gestern im Auto zum Markt gefahren – das tut er sonst nicht oft. Ich find das ja prima, es ist ein bißchen wie vor Weihnachten, besonders, wenn Mama sagt, sie wird bestimmt nicht rechtzeitig fertig.

Nachmittags, als ich aus der Schule nach Hause gekommen bin, da kam mir das ganze Haus richtig ungewohnt vor, alles blankgebohnert und ohne Sessel-Schoner. Ich bin ins Eßzimmer gegangen, da war der Tisch ausgezogen und mit dem großen weißen Tischtuch gedeckt, das so steif ist, und auf dem Tisch waren die Teller mit dem Goldrand, die fast nie gebraucht werden. Bei jedem Teller waren eine Menge Gläser aufgestellt, sogar die langen, spitzen, und da hab ich mich

gewundert, nämlich, die holt sonst niemand aus dem Eß-
zimmerschrank raus. Und dann hab ich lachen müssen, weil
ich gesehen hab, Mama hat bei all dem Trubel ein Gedeck vergessen. Ich bin in die Küche gerannt, und ich habe gesehen,
Mama sprach mit einer Dame, die hatte ein schwarzes Kleid
an und eine weiße Schürze. Mama sah prima aus, die Haare
ganz toll hochgekämmt. »Mama!« hab ich gerufen. »Du hast
ja ein Gedeck vergessen!«
Mama hat ›huch‹ gemacht, und sie hat sich ganz plötzlich
rumgedreht.
»Nick!« hat Mama zu mir gesagt. »Ich habe dir schon hundertmal gesagt, du sollst nicht so laut schreien und nicht wie
ein Wilder ins Haus stürzen! Du hast mich sehr erschreckt –
und ich bin gerade schon nervös genug.«
Na ja, ich hab mich bei Mama entschuldigt, es stimmt schon,
sie hat ziemlich nervös ausgesehen. Und dann habe ich ihr
noch mal die Sache mit dem Teller erklärt, der auf dem Tisch
fehlt.
»Aber nein, es fehlt kein Teller«, hat Mama zu mir gesagt.

»Geh nach oben und mach deine Aufgaben und laß mich in Ruhe!«

»Doch, es fehlt ein Teller«, habe ich gesagt. »Ich – Papa, du, Herr Maßbaum und dann noch Frau Maßbaum – das sind fünf! Aber es stehen nur vier Teller da. Und wenn wir zum Essen gehen, und du oder Papa oder Herr Maßbaum, einer von euch hat keinen Teller – das gibt eine schöne Geschichte!« Mama hat geseufzt, sie hat sich auf den Schemel gesetzt, sie hat mich in den Arm genommen, und sie hat zu mir gesagt: sie braucht nicht alle Teller, und das wird sowieso alles viel zu schwierig und zu langweilig für mich, und deshalb soll ich heute abend nicht mit den anderen am Tisch essen. Na, ich hab angefangen zu weinen, und ich habe gesagt, wieso schwierig, und so ein Essen ist mir überhaupt nicht langweilig, im Gegenteil, das macht mir ganz toll Spaß, und wenn ich das nicht darf und nicht dabeisein kann, dann bring ich mich um – nee, wirklich und wahrhaftig, verflixt noch mal!

Da ist Papa aus dem Büro gekommen.

»Na – alles fertig?«

»Nein – gar nichts ist fertig!« habe ich gerufen. »Mama will keinen Teller für mich decken, und ich soll nicht mit euch zusammensitzen und Spaß haben. Das ist ganz ungerecht! Ganz ungerecht!«

»Ah – jetzt habe ich aber genug!« hat Mama geschrien. »Tagelang rackere ich mich schon ab für dieses Abendessen – und was habe ich nicht alles überlegt und vorbereitet! Ich weiß, was ich tu – ich geh nicht mit zu Tisch! So! Klar, das ist das beste! Ich setz mich nicht mit an den Tisch! Nick nimmt meinen

Platz – fertig! Ausgezeichnet! Maßbaum hin, Maßbaum her –
ich hab genug davon! Seht zu, daß ihr ohne mich fertig
werdet!«
Mama ist raus, sie hat die Küchentür zugeschlagen, und ich
war so erstaunt, daß ich aufgehört habe zu weinen. Papa hat
sich über die Stirn gewischt, er hat sich auf den Schemel
gesetzt – der war ja jetzt frei – und hat mich in den Arm genommen.
»Bravo, Nick, bravo!« hat Papa zu mir gesagt. »Du hast
Mama ganz schön wehgetan. Hast du das etwa gewollt?«
Ich, ich hab gesagt, nein, ich will Mama überhaupt nicht weh-
tun, sondern ich will lieber mit den anderen am Tisch sitzen,
wenn alle ihren Spaß haben. Papa hat gesagt, am Tisch, das
wird eine langweilige Geschichte, und wenn ich kein Theater
mach und eß in der Küche, dann nimmt er mich morgen mit
ins Kino, und danach in den Zoo, und dann gehen wir zusammen ins Café, und außerdem hat er noch eine Überraschung für mich.
»Die Überraschung – ist das das kleine blaue Auto in dem
Schaufenster von dem Geschäft an der Ecke?« hab ich gefragt.
Papa hat gesagt, ja, und da habe ich gesagt, gut, ich bin einverstanden, nämlich, Überraschungen, die hab ich gern, und ich
will auch Papa und Mama gern eine Freude machen. Papa ist
gegangen, Mama suchen, und er ist mit ihr zusammen in die
Küche zurückgekommen, und er hat gesagt, es ist alles gere-
gelt, und ich bin schon ein richtiger Mann. Mama hat gesagt,
sie ist sicher, daß ich ein vernünftiger Junge bin, und sie hat
mir einen Kuß gegeben. Klasse! Und dann hat Papa gefragt,

ob er mal sehen kann, was es als Vorspeise gibt, und die Dame in Schwarz mit der weißen Schürze hat einen Hummer aus dem Eisschrank gezogen, toll – überall Mayonnaise, wie der bei der Erstkommunion meiner Cousine Felicitas, wo mir so schlecht geworden ist, und ich hab gefragt, ob ich was davon haben kann, aber die Dame in Schwarz mit der weißen Schürze, die hat den Hummer wieder in den Eisschrank reingeschoben, sie hat gesagt, das ist nichts für kleine Jungen. Papa hat gelacht, er hat gesagt, wenn da was übrigbleibt, kriegst du es morgen früh zum Frühstück, aber ich soll nicht so fest damit rechnen.

Ich hab am Küchentisch gegessen, es gab Oliven, kleine heiße Würstchen, Mandeln, einen Windbeutel und ein bißchen Fruchtsalat. Gar nicht schlecht.

»So – und jetzt«, hat Mama gesagt, »jetzt gehst du ins Bett. Zieh einen sauberen Schlafanzug an, den gelben. Du kannst auch noch etwas lesen, es ist ja noch früh. Wenn Herr und Frau Maßbaum da sind, komm ich dich holen, damit du sie begrüßen kannst.«

»Öh – meinst du, das ist nötig?« hat Papa gefragt.

»Aber sicher«, hat Mama gesagt. »Darüber waren wir uns doch einig.«

»Ja, aber . . .« hat Papa gesagt. »Ich fürchte, daß Nick irgend etwas anstellt . . .«

»Nick ist ein großer Junge, und er wird schon keinen Schnitzer machen«, hat Mama gesagt.

»Nick«, hat Papa zu mir gesagt, »dieses Abendessen ist sehr wichtig für deinen Papa. Also, du bist sehr höflich, du sagst

Guten Abend, du antwortest nur, wenn du gefragt bist, und
vor allem – keinen Unsinn! Abgemacht?«
Ich habe alles versprochen – komisch, wenn Papa so unruhig
und nervös ist! Und dann bin ich raufgegangen ins Bett. Etwas später habe ich gehört, wie es an der Tür geläutet hat, und

jemand hat gerufen, und Mama ist raufgekommen und hat
mich geholt.

»Zieh dir den Bademantel über, den Oma dir zum Geburtstag
geschenkt hat – komm!« hat Mama gesagt.

Ich war gerade mitten in einer prima Cowboy-Geschichte,

und ich habe zu Mama gesagt, ich habe keine Lust, runterzu-
kommen, aber Mama hat mich mit großen Augen angeschaut,
und da hab ich gesehen, jetzt hat es keinen Zweck, Theater zu
machen.

Wir sind runtergegangen ins Wohnzimmer, und Herr Maßbaum und Frau Maßbaum standen da, und als sie mich gesehen haben, da haben sie immer »Hallo!« und »Hehe!« gerufen.
»Nick wollte unbedingt noch mal runterkommen, um Sie zu
begrüßen«, hat Mama gesagt. »Entschuldigen Sie – aber diese
Freude wollte ich ihm doch nicht nehmen.«

Herr und Frau Maßbaum haben immer noch »Hehe!« und
»Hallo!« gerufen, ich habe ihnen die Hand gegeben und Guten Abend gesagt, und Frau Maßbaum hat Mama gefragt, ob
ich schon die Masern gehabt hab. Herr Maßbaum hat Papa
gefragt, ob der große Junge denn auch gut in der Schule mit-
arbeitet, und ich hab mich zusammennehmen müssen, nämlich, Papa hat mich die ganze Zeit angeschaut. Ich hab mich
auf einen Stuhl gesetzt, und die anderen haben weitergeredet.
»Wir haben keine großen Umstände gemacht«, hat Papa gesagt. »Ein einfacher, geselliger Abend in der Familie.«
»Aber das ist ja gerade das Schöne«, hat Herr Maßbaum gesagt. »Ein geselliger Abend in der Familie – wundervoll! Vor
allem für mich – wissen Sie, ich fahre von einem offiziellen
Bankett zum anderen – und jedesmal gibt es diese ewige
Hummermayonnaise und den ganzen üblichen Klimbim.«
Alle haben gelacht, und Frau Maßbaum hat gesagt, sie hofft,
Mama hat sich keine unnötige Arbeit gemacht, wo sie doch
schon soviel zu tun hat für ihre reizende kleine Familie. Aber

Mama hat gesagt, nein, nein, es ist ihr ein Vergnügen, und sie hat ja auch das Mädchen als Hilfe.

»Da haben Sie aber Glück«, hat Frau Maßbaum gesagt. »Was ich immer für einen Ärger habe mit dem Personal! Bei mir hält es einfach niemand aus!«

»Oh – diese ist eine Perle!« hat Mama gesagt. »Sie ist schon lange bei uns – und was vor allem wichtig ist: der Junge ist ihr Ein und Alles!«

Und dann ist die Dame in Schwarz mit der weißen Schürze reingekommen, und sie hat zu Mama gesagt: »Gnädige Frau, es ist serviert!« Und da war ich sehr erstaunt, ich habe mir gedacht, nanu, muß denn Mama auch für sich allein essen?

»So, Nick – und nun ab ins Bett!« hat Papa zu mir gesagt. Ich habe Frau Maßbaum die Hand gegeben, und ich habe zu ihr gesagt: »Auf Wiedersehen, gnädige Frau!« Und ich habe Herrn Maßbaum die Hand gegeben und habe gesagt: »Auf Wiedersehen, Herr Maßbaum!«, und dann habe ich der Dame in Schwarz mit der weißen Schürze die Hand gegeben, und ich habe zu ihr gesagt: »Auf Wiedersehen, gnädige Frau!«, und dann bin ich raufgegangen, schlafen.

Die Leichtathleten

Ich weiß nicht, ob ich es schon mal erzählt habe: In unserem Viertel gibt es einen leeren Bauplatz, da spielen wir manchmal, ich und die anderen Kameraden.

Der Bauplatz ist unheimlich Klasse! Da gibt es Gras, Steine, eine alte Matratze, ein Auto – ohne Räder, aber das ist trotzdem ganz dufte. Wir spielen Flugzeug damit – bramm – und Autobus – bing ... bing ... bing! Kisten und Konservenbüchsen sind auch da, und manchmal auch Katzen, aber mit den Katzen was anzufangen, das ist schwierig, nämlich, wenn die uns kommen sehen, dann hauen sie ab.

Also wir waren auf dem Bauplatz, alle Kameraden, und wir haben überlegt, was sollen wir spielen, nämlich, Ottos Fußball, der ist unter Verschluß bis zum Ende des Schuljahres.

»Sollen wir Krieg spielen?« hat Roland gefragt.

»Mann – du weißt doch!« hat der Franz gesagt. »Jedesmal, wenn wir Krieg spielen wollen, dann gibt es Krach, und wir verhauen uns, weil keiner Feind sein will!«

»Ich hab 'ne Idee!« hat Chlodwig gesagt. »Wir machen ein Sportfest – einen Wettkampf in Leichtathletik.« Und Chlodwig hat uns erklärt, er hat es im Fernsehen gesehen, und es ist

unheimlich dufte. Es gibt eine Menge verschiedener Diszipli-
nen, und alle machen eine Masse Sachen zur gleichen Zeit,
und die Besten sind Meister, und sie dürfen auf ein Podest
steigen, und man hängt ihnen 'ne Medaille um den Hals.

»Wo kriegst du das Podest her?« hat Joachim gefragt. »Und
die Medaillen?«

»Wir tun nur so«, hat Chlodwig gesagt.

Das ist eine gute Idee gewesen. Wir haben alle gesagt, klar,
einverstanden.

»Gut«, hat Chlodwig gesagt. »Also die erste Disziplin ist
Hochsprung!«

»Ich spring nicht!« hat Otto gesagt.

»Du mußt aber springen«, hat Chlodwig gesagt. »Jeder muß
springen.«

»Nee, mein Lieber!« hat Otto gesagt. »Ich bin gerade beim
Essen, und wenn ich beim Essen springe, dann wird mir
schlecht, und wenn mir schlecht wird, dann kriege ich meine
Butterbrote bis zum Mittagessen nicht auf – nee, ich spring
nicht!«

»Na gut«, hat Chlodwig gesagt, »du kannst ja die Schnur halten, über die wir springen müssen. Nämlich, wir brauchen
eine Schnur!«

Wir haben alle in unseren Taschen gesucht, und wir haben allerhand gefunden, Glaskugeln und Knöpfe, Briefmarken und
sogar ein Rahmbonbon, aber keine Schnur.

»Dann müssen wir eben einen Gürtel nehmen«, hat Georg
gesagt.

»Nee!« hat Roland gerufen. »Du kannst doch nicht richtig

hochspringen, wenn du gleichzeitig deine Hose festhalten mußt!«

»Otto springt ja nicht«, hat Franz gesagt, »der kann uns seinen Gürtel leihen.«

»Ich hab keinen Gürtel«, hat Otto gesagt. »Meine Hose hält so.«

»Ich such mal hier im Gras, ob ich nicht ein Stück Schnur finde«, hat Joachim gesagt.

Max hat gesagt, hier auf dem Bauplatz ein Stück Schnur suchen, das ist ein schönes Stück Arbeit, und wir können doch nicht den ganzen Nachmittag damit zubringen, ein lausiges Stück Schnur zu suchen – da müssen wir eben was anderes machen.

»He, Leute!« hat Georg gerufen, »wir machen einen Wettbewerb, wer am längsten auf den Händen laufen kann, der ist Sieger! Hier! Paßt mal auf!«

Und Georg hat angefangen auf den Händen zu laufen, und das kann er wirklich gut, aber Chlodwig hat gesagt, er hat noch nie gesehen, daß es auf einem Leichtathletik-Sportfest eine Konkurrenz gibt, wo man auf den Händen läuft, du blöder Hund.

»Blöder Hund? Wer ist hier ein blöder Hund?« hat Georg gefragt, und er ist stehengeblieben, dann ist er auf die Füße gesprungen, und er hat angefangen, sich mit Chlodwig zu hauen.
»Hört mal, Jungs!« hat Roland gerufen. »Um uns zu verhauen und Blödsinn zu machen, dafür kommen wir nicht auf
den Bauplatz. Das können wir auch in der Schule!«
Und da hat er wahrhaftig recht gehabt, und Chlodwig und
Georg haben auch aufgehört, sich zu hauen. Georg hat zu
Chlodwig gesagt, er kann ihn jederzeit fordern, wo er will,
wann er will und mit welchen Waffen.
»Ich zittere schon, Bill!« hat Chlodwig gesagt. »Zu Hause auf
meiner Ranch, da weiß man mit Kojoten deiner Art fertigzu-
werden!«
»Was ist denn jetzt?« hat Otto gesagt. »Spielen wir Cowboy,
oder springt ihr?«
»Hast du schon mal Hochsprung ohne Schnur gesehen?« hat
Max gesagt.
»Wie du willst, Joe«, hat Georg gesagt. »Zieh!«
Und Georg hat ›bang ... bang ...‹ gemacht, mit seinem Zei-
gefinger als Revolver, und Roland hat sich den Bauch mit beiden Händen festgehalten, und er hat gerufen:

»Du hast mich geschafft, Bill!« Und er hat sich ins Gras fallen lassen.

»Wenn wir nicht hochspringen können«, hat Chlodwig gesagt, »dann können wir ja Kurzstreckenlaufen.«

»Und wenn wir 'ne Schnur hätten«, hat Max gesagt, »dann könnten wir sogar Hürdenlaufen!«

Chlodwig hat gesagt, na ja, aber wir haben nun mal keine Schnur. Schön, dann laufen wir hundert Meter, vom Bretterzaun bis zum Auto.

»Das sollen hundert Meter sein?« hat Franz gesagt.

»Ist doch egal!« hat Chlodwig gesagt. »Wer als erster beim Auto ist, der hat die hundert Meter gewonnen – die anderen haben eben Pech gehabt.«

Aber Max hat gesagt, das ist kein richtiger Hundert-Meter-Lauf, nämlich, bei einem richtigen Wettrennen, da ist am Ziel eine Schnur gespannt, und wer gewinnt, der zerreißt die Schnur mit der Brust, und Chlodwig hat zu Max gesagt, du fällst uns allmählich auf den Wecker mit deiner Schnur, und Max hat geantwortet, man soll keine Leichtathletik-Wettkämpfe organisieren, wenn man keine Schnur hat. Chlodwig hat gesagt, er hat zwar keine Schnur, aber eine Hand, und die kann Max gleich im Gesicht haben, und Max hat gesagt, versuch doch mal, und Chlodwig hätte es auch beinah geschafft, aber Max hat ihm vorher einen Tritt gegeben.

Sie haben aufgehört, sich zu verhauen, und Chlodwig ist sehr wütend gewesen. Er hat gesagt, wir haben ja überhaupt keine Ahnung von Leichtathletik, und wir sind richtige Flaschen. Aber da hat Joachim gerufen, unheimlich stolz:

»He – Leute! Hier! Ich hab ein Stück Draht gefunden!«
Chlodwig, der hat gesagt, das ist Klasse. Jetzt können wir den
Leichtathletik-Wettkampf doch noch weitermachen, und
weil wir alle genug haben vom Springen und Laufen, könnte
man jetzt vielleicht Hammerwerfen machen. Chlodwig hat
uns erklärt, der Hammer ist kein richtiger Hammer, sondern
ein Gewicht, das an eine Schnur gebunden ist, und man dreht
sich ganz schnell mit dem Gewicht und läßt los, und wer den
Hammer am weitesten wirft, der ist Meister. Chlodwig hat
den Hammer gemacht, er hat den Draht genommen und einen
Stein am Ende festgemacht.
»Ich fange an, ich hab die Idee gehabt«, hat Chlodwig gerufen. »Und jetzt könnt ihr mal einen Wurf sehen!«

133

Chlodwig hat angefangen, sich mit dem Hammer ganz oft um sich selbst zu drehen, und dann hat er ihn losgelassen.

Wir haben den Leichtathletik-Wettkampf abgebrochen, und Chlodwig hat gesagt, er ist Meister. Aber wir anderen haben gesagt, nein, nämlich, wir hatten ja den Hammer noch nicht geworfen, und da konnte man doch nicht wissen, wer gewonnen hat.

Aber ich glaube, Chlodwig hat recht gehabt. Er hätte bestimmt gewonnen, in jedem Fall, nämlich, das ist ein toller Wurf gewesen: Vom Bauplatz bis ins Schaufenster von dem Lebensmittelgeschäft von Herrn Compani!

Luise

Mama hat gesagt, sie bekommt Besuch. Eine Freundin von ihr kommt zum Tee und bringt ihr kleines Mädchen mit, und ich war gar nicht besonders froh darüber. Ich kann kleine Mädchen nicht ausstehen, die sind blöd und können nichts anderes spielen als Kaufladen und mit Puppen. Und alle naselang heulen sie. Ich weine natürlich auch manchmal, aber nur, wenn es wirklich schlimm ist, so wie neulich, als die Vase im Salon kaputtging, und wo Papa mit mir geschimpft hat, und das war ganz schrecklich ungerecht, weil ich es doch nicht mit Absicht getan hab und wo die Vase sowieso so häßlich war. Und ich weiß schon, daß Papa es nicht gern hat, wenn ich im Zimmer Ball spiele, aber draußen hat es geregnet.

»Du wirst sehr nett und höflich sein zu Luischen«, hat Mama mir gesagt, »sie ist ein reizendes kleines Mädchen, und du mußt zeigen, daß du gut erzogen bist.«

Wenn Mama zeigen will, daß ich gut erzogen bin, zieht sie mir den blauen Anzug an und das weiße Hemd, wo man drin aussieht wie ein Hanswurst. Ich habe zu Mama gesagt, ich will lieber mit den anderen Jungen ins Kino und den Cowboy-Film ansehen, aber Mama hat mich groß angeguckt, und dann muß man sich vorsehen.

»Also, ich bitte dich, sei nicht so roh mit dem kleinen Mädchen – sonst kriegst du es mit mir zu tun, verstanden?« hat Mama gesagt. Um vier Uhr ist die Freundin von Mama gekommen und hat ihr kleines Mädchen mitgebracht. Mamas Freundin hat mir einen Kuß gegeben und hat gesagt: Du bist aber schon ein großer Junge – das sagen alle zu mir, und dann hat sie gesagt, das ist Luischen, und Luischen und ich, wir haben uns angesehen. Sie hat ganz gelbes Haar und Zöpfe und blaue Augen, und ihre Nase und ihr Kleid sind ganz rot gewesen. Wir haben uns schnell die Hand gegeben, nur mit den Fingerspitzen. Mama hat den Tee aufgetragen, und das war prima, weil wenn Leute zum Tee kommen, gibt es Schokoladenkuchen, und man darf zweimal nehmen. Wir haben Kuchen gegessen, und Luischen und ich, wir haben keinen Ton gesagt. Wir haben gegessen und uns nicht angeguckt. Hinterher hat Mama gesagt: »Jetzt geht spielen, liebe Kinder. Nick, du gehst mit Luischen auf dein Zimmer und zeigst ihr deine schönen Spielsachen.« Mama hat ganz süß dabei gelächelt, aber gleichzeitig hat sie große Augen gemacht, so daß man gleich weiß, man muß sich vorsehen. Luischen und ich, wir sind auf mein Zimmer gegangen, und ich hab nicht gewußt, was ich mit ihr sprechen soll. Aber Luischen hat zuerst was gesagt, sie hat gesagt: »Du siehst aus wie ein Affe.« Das hat mir gar nicht gefallen, und ich habe gesagt: »Und du, du bist nur ein Mädchen«, und da hat sie mir eine Ohrfeige gegeben. Ich hätte beinahe angefangen zu weinen, aber ich hab mich zusammengenommen, weil Mama doch gern will, daß ich gut erzogen bin. Und da hab ich Luischen am Zopf gezogen, und sie hat mich gegen das Schienbein getreten. Da mußte ich ja doch ›ujie‹ schreien, weil es so wehtat. Ich wollte ihr eine reinhauen, aber da hat Luischen von was anderem angefangen, sie hat zu mir gesagt: »Na, und deine Spielsachen? Krieg ich die jetzt zu sehen oder nicht?« Ich wollte ihr gerade sagen: meine Spielsachen sind Spielsachen für Jungen, basta – aber da hat sie meinen kleinen Plüschbären gesehen, den ich halb geschoren habe mit Papas Rasierapparat. Ich habe ihn nur halb rasiert, weil der Rasierapparat dabei kaputtging. »Was, du spielst mit Puppen?« hat Luischen gefragt und hat gelacht. Ich wollte sie an den Zöpfen ziehen, und Luischen hat schon ausgeholt, um mir eine zu kleben, da ging die Tür auf, und unsere Mamas kamen herein, alle beide. »Na, Kinder«, hat Mama gesagt, »spielt ihr auch schön?« »O ja«, hat Luischen gesagt und hat die Augen ganz weit aufgerissen dabei, und dann hat sie die Augendeckel ganz schnell rauf und runter geklappt, und Mama hat ihr einen Kuß gegeben und hat gesagt: »Reizend, also wirklich, ganz bezaubernd. Ein richtiges kleines Nesthäkchen.« Und Luischen hat wieder ganz toll mit den Augendeckeln geklappert. »Zeig Luischen auch mal deine schönen Bilderbücher«, hat Mama gesagt, und die andere Mama hat gesagt, wir sind zwei reizende kleine Nesthäkchen. Und dann sind sie raus.

Ich habe meine Bücher vom Bücherbrett runtergeholt und
hab sie Luischen gegeben. Aber sie hat sie gar nicht angesehen, sondern auf die Erde geschmissen, sogar das, wo eine
Masse Indianer drin vorkommen – Klasse! »Pöh, Bücher –
das interessiert mich nicht«, hat sie zu mir gesagt. »Hast du
nicht was Lustigeres?« Und dann hat sie auf dem Bücherbrett
mein Flugzeug entdeckt, mein prima Flugzeug mit Gummimotor, und es ist ganz rot und fliegt Klasse.
»Laß das liegen«, hab ich gesagt, »das ist nichts für Mädchen –
das ist mein Flugzeug!« Und ich hab versucht, ihr das Flugzeug wieder abzunehmen, aber Luischen hat sich losgemacht.
»Ich bin eingeladen«, hat sie gesagt. »Ich darf mit deinen Sachen spielen, mit allen – und wenn du mich nicht spielen läßt,
dann rufe ich meine Mama, und dann werden wir ja sehen!«
Ich hab nicht gewußt, was ich machen soll, ich wollte natürlich nicht, daß sie es kaputtmacht, das Flugzeug. Aber ich
wollte auch nicht, daß sie ihre Mama ruft, weil, nämlich, so
was gibt immer Theater. In der Zeit, wo ich nachgedacht hab,
hat Luischen am Propeller gedreht und den Gummimotor

aufgezogen. Und dann hat sie das Flugzeug losgelassen. Sie hat es aus meinem Zimmerfenster rausgelassen, das offen war. Und das Flugzeug ist abgebrummt. »Da siehst du, was du gemacht hast – so ein Blödsinn!« hab ich geschrien. »Mein schönes Flugzeug – jetzt ist es kaputt!« Und ich hab angefangen zu weinen. »Ist ja gar nicht wahr«, hat Luischen gesagt. »Guck mal, da unten im Garten, da liegt es! Wir brauchen es nur zu holen.«

Wir sind runter in den Salon, und ich hab Mama gefragt: Können wir in den Garten gehen, spielen? Mama hat gesagt, es ist zu kalt. Aber Luischen hat wieder den Trick mit den Augendeckeln gemacht, sie hat gesagt, sie möchte gern die hübschen Blumen sehn. Da hat meine Mama gesagt, sie ist ein reizendes Geschöpfchen, und wir sollen uns nur ja warm anziehen, wenn wir rausgehen. Ich muß das mit dem Augendeckelklappen unbedingt lernen – eine ganz tolle Masche, und funktioniert prima!

Unten im Garten hab ich das Flugzeug aufgehoben – war nichts passiert, zum Glück. Und Luischen hat zu mir gesagt, was sollen wir machen? »Ich weiß nicht«, hab ich gesagt, »du hast ja die Blumen angucken wollen, na bitte, da sind sie, jede Menge.« Aber Luischen hat gesagt, sie macht sich einen Dreck aus Blumen, und unsere Blumen sind der letzte Dreck.

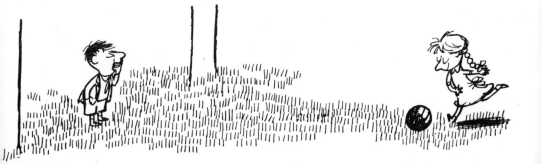

Ich hatte richtig Lust, ihr eins auf die Nase zu geben, aber ich habe mich nicht getraut, weil, nämlich, vom Salonfenster aus kann man in den Garten sehen, und unsere beiden Mamas saßen im Salon. »Ich habe keine Spielsachen hier draußen«, habe ich gesagt, »außer meinem Fußball, der liegt in der Garage.« Luischen hat gesagt, das ist eine prima Idee. Wir haben den Ball geholt, und ich kam mir saublöd vor – ich hab Angst gehabt, daß meine Kameraden mich sehn, wie ich mit Mädchen spiele. »Stell dich da zwischen die beiden Bäume«, hat Luischen gesagt, »so – und jetzt wollen wir mal sehen, ob du halten kannst.« Na, ich hab gedacht, das ist ja 'ne Marke, da kann man ja nur drüber lachen – aber schon ist sie angelaufen und – bumm – ein toller Schuß! Ich habe den Ball nicht halten können, und klirr – eine Scheibe vom Garagenfenster war hin. Die Mamas sind aus dem Haus rausgekommen, und meine Mama hat sich das Garagenfenster angesehen und hat gesagt aha! »Nicki!« hat sie gesagt. »Du solltest dich lieber um deine Gäste kümmern, anstatt so rohe Spiele zu spielen. Vor allem, wenn deine Gäste so liebenswürdig sind wie Luischen.« Ich hab Luischen angeguckt, aber sie war ganz hinten im Garten und hat an den Blumen gerochen – besonders an den Begonien.

Am Abend habe ich keinen Nachtisch gekriegt zur Strafe. Aber macht nichts – Luischen ist Klasse. Und wenn ich groß bin, wird geheiratet!

Die hat einen tollen Schuß!

Sempé
im Diogenes Verlag

Diogenes Kinder Klassiker

● **Kurt Bracharz**
Wie der Maulwurf beinahe in der Lotterie gewann. Mit vielen Zeichnungen von Tatjana Hauptmann

● **Die Diogenes Schulfibel**
Geschichten, Sprüche, Rätsel und viele Bilder für Kinder, die vergnügt groß und klug werden wollen. Herausgegeben von Anne Schmucke

● **Paul Flora**
Die Männchen und die Fräuchen. Eine Geschichte von Hilde Janzárik

● **Edward Gorey**
Rotkäppchen. Ein Märchen der Brüder Grimm
Rumpelstilzchen. Ein Märchen der Brüder Grimm
Schorschi schrumpft. Geschichte von Florence Parry Heide. Aus dem Amerikanischen von Hans Wollschläger
Schorschis Schatz. Geschichte von Florence Parry Heide. Deutsch von Hans Wollschläger
Katz und Fuchs und Hund und Hummer. Fabeln von Äsop, nachgedichtet von Ennis Rees. Deutsch von Claudia Schmölders

● **Richard Hughes**
Der Wunderhund. Aus dem Englischen von Angelika Feilhauer. Mit vielen Zeichnungen von Anne Wilsdorf

● **Beatrix Potter**
Die Geschichte von Peter Hase
Die Geschichte von den beiden bösen Mäusen
Die Geschichte von Stoffel Kätzchen
Die Geschichte von Schweinchen Schwapp
Die Geschichte von Herrn Gebissig
Die Geschichte von Bernhard Schnauzbart
Die Geschichte von Eichhörnchen Nusper
Die Geschichte von Emma Ententropf
Die Geschichte von Benjamin Kaninchen
Alle aus dem Englischen von Claudia Schmölders

● **Sempé / Goscinny**
Der kleine Nick
Der kleine Nick und seine Bande
Der kleine Nick und die Schule
Der kleine Nick und die Ferien

Der kleine Nick und die Mädchen
Alle aus dem Französischen von Hans-Georg Lenzen

● **Maurice Sendak**
Das Schild an Rosis Tür. Aus dem Amerikanischen von Ute Haffmans
Der Greif und der jüngste der Domherren. Eine Geschichte von Frank R. Stockton. Deutsch von Käthe Recheis
König Drosselbart. Ein Märchen der Brüder Grimm
Der Zwerg Nase. Ein Märchen von Wilhelm Hauff
Fidel Feldmaus. Eine Geschichte von Jan Wahl. Deutsch von Antje Friedrichs
Ein Loch ist, was man gräbt. Texte von Ruth Krauss. Deutsch von Werner Mintosch und Alfons Barth

● **Johanna Spyri**
Heidis Lehr- und Wanderjahre. Mit vielen farbigen und schwarzweißen Zeichnungen von Tomi Ungerer
Heidi kann brauchen, was es gelernt hat. Mit vielen farbigen und schwarzweißen Zeichnungen von Tomi Ungerer

● **Uwe Timm**
Die Zugmaus. Mit vielen farbigen und schwarzweißen Zeichnungen von Tatjana Hauptmann

● **Tomi Ungerer**
Kein Kuß für Mutter. Aus dem Amerikanischen von Anna von Cramer-Klett
Tomi Ungerers Märchenbuch. Märchen von Hans Christian Andersen, den Brüdern Grimm, Jay Williams, Tomi Ungerer u.a. Deutsch von Hans-Georg Lenzen, Gerd Haffmans und Hans Wollschläger

● **E. B. White**
Klein-Stuart. Mit Zeichnungen von Garth Williams. Aus dem Amerikanischen von Ute Haffmans

● **Reiner Zimnik**
Pasteten im Schnee. Eine Geschichte von Beatrice Schenk de Regniers. Aus dem Amerikanischen von Tilde Michels